Beware the Curves

新編賈氏妙探

之15 曲線美與癡情郎

賈德諾 Erle Stanley Gardner 著 周辛南 譯

目錄
Contents

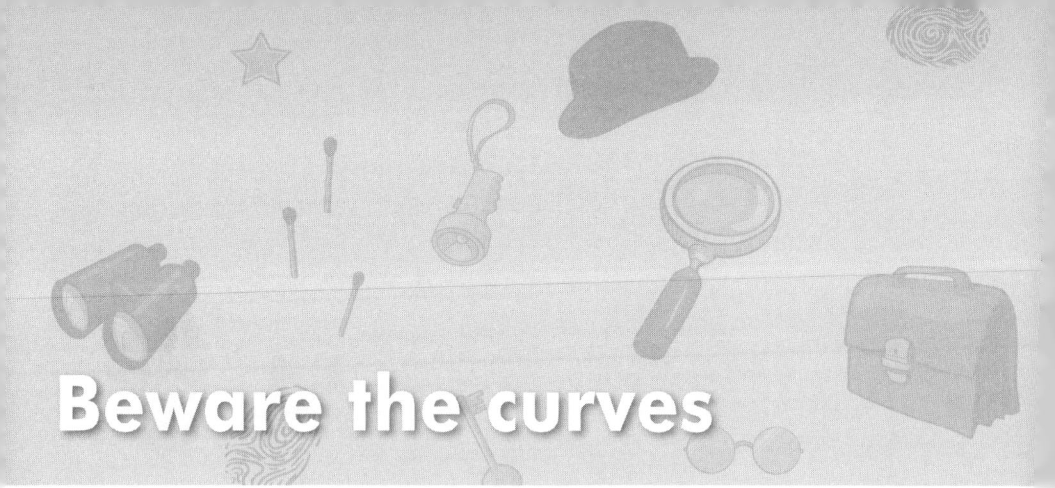
Beware the curves

目錄
Contents

出版序言

關於「妙探奇案系列」

當代美國偵探小說的大師，毫無疑問，應屬以「梅森探案」系列轟動了世界文壇的賈德諾（E. Stanley Gardner）最具代表性。但事實上，「梅森探案」並不是賈氏最引以為傲的作品，因為賈氏本人曾一再強調：「妙探奇案系列」才是他以神來之筆創作的偵探小說巔峰成果。「妙探奇案系列」中的男女主角賴唐諾與柯白莎，委實是妙不可言的人物，極具趣味感、現代感與人性色彩；而每一本故事又都高潮迭起，絲絲入扣，讓人讀來愛不忍釋，堪稱是別開生面的偵探傑作。

任何人只要讀了「妙探奇案」系列其中的一本，無不急於想要找其他各本，以求得窺全貌。這不僅因為作者在每一本中都有出神入化的情節推演，而且也因為書中主角賴唐諾與柯白莎是如此可愛的人物，使人無法不把他們當作知心的、親近的朋友。「梅森探案」共有八十五部，篇幅浩繁，忙碌的現代讀者未必有暇遍覽全集。而「妙探奇案系列」共為廿九部，再加一部偵探創作，恰可構成一個完整而又連貫的「小全集」。每一部故事獨立，佈局迴異；但人物性格卻鮮明生動，層層發展，是最適合現代讀者品味的一個偵探系列。雖然，由於賈氏作品的背景係二次大戰後的美國，與當今年代已略有時間差異；但透過這一系列，讀者仍將猶如置身美國社會，飽覽美國的風土人情。

本社這次推出的「妙探奇案系列」，是依照撰寫的順序，有計劃的將賈氏廿九本作品全部出版，並加入一部偵探創作，目的在展示本系列的完整性與發展性。全系列包括：

①來勢洶洶 ②險中取勝 ③黃金的秘密 ④拉斯維加，錢來了 ⑤一翻兩瞪眼 ⑥變！失踪的女人 ⑦變色的色誘 ⑧黑夜中的貓群 ⑨約會的老地方 ⑩鑽石的殺機 ⑪給她點毒藥吃 ⑫都是勾搭惹的禍 ⑬億萬富翁的歧途 ⑭女人等不及了 ⑮曲線美與癡情郎 ⑯欺人太甚 ⑰見不得人的隱私 ⑱探險家的嬌妻 ⑲富貴險中求 ⑳女人豈是好惹的 ㉑寂寞的單身漢 ㉒躲在暗處的女人 ㉓財色之間 ㉔女秘書的秘密 ㉕老千計，狀元才 ㉖金屋藏嬌的煩惱 ㉗迷人的寡婦 ㉘巨款的誘惑 ㉙逼出來的真相 ㉚最後一張牌。

本系列作品的譯者周辛南為國內知名的醫師，業餘興趣是閱讀與蒐集各國文壇上高水準的偵探作品，對賈德諾的著作尤其鑽研深入，推崇備至。他的譯文生動活潑，俏皮切景，使人讀來猶如親歷其境，忍俊不禁，一掃既往偵探小說給人的冗長、沉悶之感。因此，名著名譯，交互輝映，給讀者帶來莫大的喜悅！

譯序

美國有史以來最好的偵探小說

周辛南

賈氏「妙探奇案系列」，（Bertha Cool—Donald Lamm Mystery）第一部《來勢洶洶》在美國出版的時候，作者用的筆名是「費爾」（A. A. Fair）。幾個月之後，引起了美國律師界、司法界極大的震動。因為作者大膽的在小說裡寫出了一個方法，顯示美國人在現行的美國法律下，可以在謀殺一個人之後，利用法律上的漏洞，使司法人員對他無計可施，只好讓他逍遙法外。

於是「妙探奇案系列」轟動了美國的出版界、讀書界和法律界，到處有人打聽這個「費爾」究竟是何方神聖？

作者終於曝光了，原來「費爾」就是名作家賈德諾的另一個筆名。史丹利・賈德諾（Erle Stanley Gardner）是美國當代最著名的作家之一。他本身是法學院畢業的律師，早期執業於舊金山，曾立志為在美國的少數民族作法律辯護，包括較早期的中國移民在內。律師生涯平淡無奇，倒是發表了幾篇以法律為背景的偵探短篇頗受歡迎。於是改寫長篇偵探推理小說，創造了一個五、六十年來全國家喻戶曉，全世界一半以上國家有譯本的主角——梅森律師。

由於「梅森探案」的成功，賈德諾索性放棄律師工作，專心寫作，終於成為美國有史以來第一個最出名的偵探推理作家，著作等身，已出版的一百多部小說，估計售出七億多冊，為他自己帶來巨大的財富，也給全世界喜好偵探、推理的讀者帶來無限樂趣。

賈德諾與英國最著名的偵探推理作家阿嘉沙．克莉絲蒂是同時代人物，都活到七十多歲，都是學有專長，一般常識非常豐富的專業偵探推理小說家。

賈德諾因為本身是律師，精通法律。當辯護律師的幾年又使他對法庭技巧嫻熟，所以除了早期的短篇小說外，他的長篇小說分為三個系列：

一、以律師派瑞．梅森為主角的「梅森探案」；

二、以地方檢察官Doug Selby為主角的「DA系列」；

三、以私家偵探柯白莎和賴唐諾為主角的「妙探奇案系列」；

以上三個系列中以地方檢察官為主角的共有九部。以私家偵探為主角的有二十九部，梅森探案有八十五部，其中三部為短篇。

梅森律師對美國人影響很大，有如當年英國的福爾摩斯。「梅森探案」的電視影集，台灣曾上過晚間電視節目，由「輪椅神探」同一主角演派瑞．梅森。

研究賈德諾著作過程中，任何人都會覺得應該先介紹他的「妙探奇案系列」。讀者只要看上其中一本，無不急於找第二本來看，書中的主角是如此的活躍於紙上，印在每個讀者的心裡。每一部都是作者精心的佈局，根本不用科學儀器、秘密武器，但緊張處令人透不過氣來，全靠主角賴唐諾出奇好頭腦的推理能力，層層分析。而且，這個系列不像某些懸疑小說，線索很多，疑犯很多，讀者早已知道最不可能的人才是壞人，以致看到最後一章時，反而沒有興趣去看他長篇的解釋了。

美國書評家說：「賈德諾所創造的妙探奇案系列，是美國有史以來最好的偵探小說。單就一件事就十分難得——柯白莎和賴唐諾真是絕配！」

他們絕不是俊男美女配：

柯白莎：女，六十餘歲，一百六十五磅，依賴唐諾形容她像一捆用來做籬笆，帶刺的鐵絲網。

賴唐諾：不像想像中私家偵探體型，柯白莎說他掉在水裡撈起來，連衣服帶水不到一百三十磅。洛杉磯總局兇殺組宓警官叫他小不點。柯白莎叫法不同，她常說：「這小雜種沒有別的，他可真有頭腦。」

他們絕不是紳士淑女配：

柯白莎一點沒有淑女樣，她不講究衣著，講究舒服。她不在乎別人怎麼說，我行我素，也不在乎體重，不能不吃。她說話的時候離開淑女更遠，奇怪的詞彙層出不窮，會令淑女嚇一跳。她經常的口頭禪是：「她奶奶的。」

賴唐諾是法學院畢業，不務正業做私家偵探。靠精通法律常識，老在法律邊緣薄冰上溜來溜去。溜得合夥人怕怕，警察恨恨。他的優點是從不說謊，對當事人永遠忠心。

他們也不是志同道合的配合，白莎一直對賴唐諾恨得牙癢癢的。

他們很多地方看法是完全相反的，例如對經濟金錢的看法，對女人——尤其美女的看法，對女秘書的看法……

但是他們還是絕配！

賈氏「妙探奇案系列」，為筆者在美多年收集，並窮三年時間全部譯出，全套共三十冊，希望能讓喜歡推理小說的讀者看個過癮。

第一章 尋人

身軀壯大的柯白莎太太表現出河馬在求偶期害羞的樣子。

「唐諾，來見見安先生，安迪睦先生。」她咕嚕地說：「安先生，這位是我的合夥人，賴唐諾先生。」

安迪睦先生，高高的個子，詩一樣的眼神，薄而直的鼻樑，敏感的唇角，厚而濃的黑髮，長而尖細的手指，比較守舊的衣服，直直地坐在椅子中。他站起來接受介紹。他的眼睛比我眼睛高出七吋或八吋。我想他有六呎二三吋。他說話平靜有教養。握手時也只是輕輕一碰，像是怕碰到暴力傷害似的。

拿柯白莎和安迪睦來相比，世界上再沒有極端不同的東西了。

白莎坐在她辦公桌後面，繼續她裝出來的討好表情，每次手一移動，玻璃窗前照進的光線就使她手指上的大鑽戒閃耀發光。

「安迪睦先生，」她說明道：「是一位大作家。唐諾，你也許看到過他的玩意兒——我是說他的大作。」

她很熱情地停下來，等我回答。

我點點頭。

白莎高興地笑一笑。

安先生很歉意地說：「我不常寫小說一類的東西。大多數是技術性的文章。我用帝木的筆名。」

「安先生有事要請人幫忙。」白莎繼續說：「有人介紹我們這個偵探社給他。他一來就要見我——因為門上的柯、賴二氏私家偵探社。他沒有想到我是女的。」

白莎轉向安先生笑了一下，對我說：「安先生對這件事表現得非常紳士，並且很能體諒地向我道歉。但是我看得出來，我告訴他我的合夥人是個男人，我要求他能見見你。唐諾，假如我們能幫助安先生，我會非常高興。假如我們幫不了他忙，也別在意。生意不成，道義在。」

白莎的嘴唇和藹可親地微笑著。只有和她常久相處的我，看得出她在控制貪婪小眼的時候，在表情上有點困難，因為她眼睛仍像手上鑽石一樣，冷冷的閃爍著。

安先生懷疑地自白莎看向我，又自我看向白莎。

白莎，一百六十五磅的女人，年齡五十、六十之間，像一捆帶刺的鐵絲網一樣，又硬、又壯。目前微笑著，過份的客氣，看起來那麼勉強，裝假，沒有使安先生產生什麼信心。安先生還是站在那裡。很小心地移動了一下他站的位置，使自己站在白莎和門之間。

他向下看看我，躊躇著，顯然在想一個不致傷害到我感情的藉口。

白莎急急使用出沿街推銷員的招術，很快的說話，希望在安先生跑出門之前，能表達她的意見。

「我的合夥人賴唐諾很年輕，也沒有你想像中私家偵探那種體格。但是他有腦筋，用不完的腦筋。由於他看來是如此的……如此的——」

白莎顯然拚命在想找一個文雅點的字，來形容我。突然她發現局勢並不值得她過份討好，犯不著那麼禮貌。一下把她輕聲輕氣的語調推向一邊，不再用假裝有修養的態度。她回復了本性的柯白莎。

「老天，」她高聲說道：「這小子看起來沒什麼了不起，但是他可以在幕後活動。在任何人會懷疑他是個私家偵探之前，他早已把一切調查得清清楚楚了。他是個有腦筋的小雜種，你可以賭他一記，錯不了。

「現在，你到底要不要我們？假如你不要，早點給我離開這裡，我們忙得很。假如要我們幫忙，回這裡來坐著，把一切實情告訴我們。你現在那種腳踩兩隻船的樣子，解決不了問題。」

安先生敏感的嘴唇轉變成微笑，吃了罰酒似地回來坐下。

「我想我要你們幫忙。」他說。

「可以，」白莎說：「不過你得花錢。」

「多少錢？」

「看你有點什麼樣子的困難，才能決定價錢。」

安說：「爬格子的人，鈔票不會太多，柯太太。」

用這種方法來和柯白莎開始談生意，是差勁透了。

「私家偵探工作也不見得好到哪裡去。」白莎冷冷道。

安先生的眼低下來看著她的大鑽石戒指。

「除了偶爾有幾個好案子。」白莎急急加上一句：「你有什麼問題？」

「我要你們找一個人。」

「什麼人？」

「我忘記了他姓什麼。他的名字是科爾。」

「你開玩笑？」白莎問。

「不是。」

白莎看向我。

「為什麼要找他？」我問。

安迪睦用長長手指梳了一下深色鬈髮，看向我微笑說：「他曾給我一個太好太好的故事題材。」

「什麼時候？」我問。

「六年之前。」

「什麼地方？」

「在巴黎。」

「現在為什麼要找他？」

「看看能不能獨家有權來寫這個故事。」

「小說還是真實報導？」

「是真實故事，但我要以小說形態來發表。會是一本暢銷書。」

「好，」我說：「你和科爾在巴黎見的面。忘了他姓什麼。還記得什麼可以幫我們找到他的嗎？」

「當時我是知道他姓什麼的。現在一下子要用的時候就是記不起來。他是這一帶附近的人，是聖安納郊外一處叫柑橘林的地方出來的人。當時他很有錢，是去度蜜月。他太太的名字叫麗芍。他叫她寶貝。她是個好女孩。」

「故事內容是怎樣的？」我問。

「是一件婚姻的故事……我——是有關一個男人，使一個女人完全相信他是真心愛她，但是實情並不如她想像那樣——」他停下來。又說：「我對真正好的劇情不想事先洩露。」

「好，」我說：「你要我們找一個六年之前，住在柑橘林，到巴黎去度蜜月的科爾。他有一個你不願洩露內容的好故事劇情。現在告訴我，當時他長得什麼樣子？」

「高高，很結實，肩膀很寬，很努力的性格，努力於得到自己想要的那一型。」

「多大年紀？」

「和我差不多。」

「那是幾歲？」

「我現在三十二歲。」

「他靠什麼維生？」

「我不知道。我認為是做生意。」

「有錢嗎？」

「我也不知道，好像不錯。」

「這形容很籠統。」

「我只能看到這個樣子。」

「頭髮什麼顏色？」

「紅頭髮。」

「眼睛呢？」

「藍色。」

「多高？」

「六呎。」

「多重？」

「相當重，應該有二百十五或二百二十磅，不胖，是厚重，你懂我的意思，有肉。」

「但還是超重了？」

「是超重了點，但他沒有減肥。他一切照吃。」

「哪一個月，在巴黎住什麼旅社？」

「是七月，不知住什麼旅社。」

「你知不知道他乘什麼去巴黎，飛機還是輪船？」

「我有印象是船，但不能確定。」

「你要我們做到什麼程度？」

「找出來他姓什麼、住在那裡。就可以了。」

「可以。」我說：「我們替你辦。」

「這要多少錢？」

「五十元。」我告訴他。

白莎的坐椅，在她突然上身前傾的時候嘰嘎地叫著。她張開嘴巴，想說什麼，改變意見，又停住了。

我看她臉開始發紅。兩眼煽呀煽，連眼也漸漸發紅。

「我們怎樣通知你？」我問安迪睦先生。

「要多久有消息？」他追問。

「可能不到一天。」

「你找不到我。」他說：「我明天下午同一時間再來。」他伸手向我，長長的手指敏感地握了一下我的手。

他向白莎一鞠躬，消失在門口。

白莎幾乎等不及門在他身後關上，生氣地說：「自以為好人。一個軟心腸，沒有生意眼的混蛋。」

「他？」我問。

「你！」白莎喊道。

「為什麼？」我想知道。

「不叫他付訂金！」白莎向我高聲道：「連我們開支也沒有預付一點！沒有地址！五十元，小兒科！去找六年前出現在巴黎一個沒有姓的人。你還說一天就夠了！你讓他一毛不花走出辦公室，準備貼了本去辦案？你定的五十元，我看花一千元也找不到那個叫科爾的人。」

我說：「定定心，白莎。那傢伙是個作家。有人六年前在巴黎給他一個劇情。他收入有限。那人給他一個真實故事，他要改編為小說。他要找那個說故事的人，他要我們幫他，這是很正常的小工作。」

白莎一面研究我告訴她的情況，一面搖頭。

「奶奶的！」她咕嚕著。

「就這樣簡單。」我告訴她。

「我看不見得。」白莎說。

「現在你照我一樣看法好了。」我告訴她。

「不行，他到底搞什麼鬼？」她說。

「也許到明天下午我們就懂了。也可能他正在搞私家偵探社的題材，他要找出私家偵探怎樣從一個小工作中擠出多一點鈔票來。

「你知道很多報章雜誌會這樣做。他們會把已知毛病的電視機送到不同的修理店去，將來報導哪幾家要客戶換真空管，哪幾家要客戶換線路板等等。」

「他奶奶的！」白莎說。

我走出她辦公室。

第二章 科爾的下落

報社八點三十分開門。我八點三十五分到。我說我要看六年之前的舊報紙。沒有人問我是誰，綑得好好的一捆報紙就交給了我。小鎮唯一的小報，反正一年的量亦有限得可憐。

我先假設六年前七月在巴黎度蜜月，婚禮的舉行可能在六月。我專注在六月。八點四十七分鐘時看到狄科爾和他身旁方麗芍的照片。新娘是當地一家律師事務所的秘書。狄科爾是當地的大亨，橘子園，油井——被形容為廣大石油帝國，有活力的年輕生意人。

我把重點記下，把報紙還給櫃檯內的女郎。女郎謝了我又笑笑，把腳尖踩向看不到的電鈕。我看到她身體重心轉移。她要確定信號不致沒有傳到。

我聽到櫃檯後面辦公室裡蜂鳴聲響起。門一開，辦公室裡出來一位長髮，銳利眼神的年輕小子。他假裝在找什麼東西，而後把兩眼固定於我。「哈囉，」他說：「有什麼我可以幫你忙的嗎？」

「謝謝你，我都忙完了。」

「沒什麼我可協助的嗎？」

「真的沒有。」

這不算什麼。只代表有人在盡自己的責任。鎮外來了一個陌生人，要查小鎮六年前的新聞。也許沒什麼。也許背後有個故事。假如背後有個故事，搞報紙的當然很敏感。他們不希望其他同行先知道了。假如沒有故事，他們不會願意浪費時間的。我決定使他們知道，裡面沒有故事。

櫃檯後的小姐說：「他只是來看些舊資料。」

那年輕記者說：「噢，是的。」追根究柢的眼光看著我。

我笑道：「我在研究地產的增值。有些土地六年前就做過廣告，我想找出當年出售的價格。」

「找到了嗎？」他問。

我搖搖頭：「只找到出售的廣告。可能要找到經紀人，才能知道價格問題。即使找到經紀人，可能也尚有困難。」

「說得沒有錯，」年輕人同意說：「當然作商業用和作農牧場用，還有很多不同。」

「是的，我相信不一樣。」我說。

他笑笑。

這時候，假如我自顧離開，可能就不會發生任何事情。但是我突然沉迷於安全的自信。我覺得得來甚易。我想多收穫一點。

「打聽一件事，」我說：「有一個姓狄的傢伙據說尚有幾畝地想賣掉，不知你們有沒有聽說？」

「姓狄的？」他說。

「狄科爾。」我告訴他。

突然的驚愕出現在年輕記者臉上，他想立即掩飾，但沒有成功。櫃檯後的女郎一下把手中的橡皮日期圖章自手中掉下，連撿起來都忘了。

記者連吞了幾口口水，說道：「你認識狄科爾嗎？」

「怎麼會？不認識。」我說：「我只對地產有興趣，對人沒有興趣。」

「原來如此。」

「有地出租，我也會有興趣。」我告訴他。

「噢。」他說。

我知道已捅出了什麼紕漏。事已至此，也只好硬了頭皮要弄弄清楚。「姓狄的怎麼了？」我說。

「要看你從什麼角度看。」

「他還住這裡吧，是不是？」

「離鎮不遠。」藍眼看著我，猶如貓在看老鼠。

「老實說，」我說：「我還可能真會認識他，六年前我在船上見到一位度蜜月的狄先生，據說住這裡附近。」

「原來如此。」記者說。

「是不是有什麼不對？」我說：「狄先生得了鼠疫？還是有什麼毛病？」

「狄科爾，」他說：「蜜月回來不久，就被謀殺了。我告訴你吧，由於兇手沒有找到，至今任何人提供消息，只要捉到兇手，兇手伏刑，仍有兩萬五千元破案獎金等著。假如你到這裡是有為而來，我們很希望得一點內幕新聞。」

「被謀殺了？」

「被謀殺了。」

「什麼人提供的獎金？」

「公司的董事會，狄氏企業公司。」

「謝謝，真高興能認識你。」

「你還沒有認識呀。」

我微笑著，「是的，我還沒有知道你的名字，但是，我當然想知道你是什麼人。」然後，又加一句說：「我想謀殺案和地產買賣沒有關係。」

我走出門去。

我是一早用公司車開來柑橘林，把那破玩意兒幾乎直接停在報館門口的。我沒有敢直接回車裡去，所以步行走向一個房地產公司。我走進去和經紀人東聊西扯了好幾分鐘。走出來又去吃了早餐。我步行到公共圖書館，發現要到十點鐘才會開門，所以我又走去另一家房地產公司，出來後走進一個電話亭，用手指指著查電話簿。

那記者還在跟蹤我。

我看到一個警員正一面走一面在查汽車的停車時間。我最不願發生的事是車子被人查出來源，所以我走進一家餐廳，要了一杯咖啡，走向在餐廳後側的盥洗室方向。一轉身就走進廚房。

廚子，自熱的鐵板上翻轉在煎的雞蛋，用大拇指一指：「那邊，老兄。」

我只是對他笑笑，經過廚房，走進後巷。

走著。

我很快走向巷口，繞過一條街，直接步向我的車子，不敢跑步，但盡快地

警員正把罰單向我雨刷上夾，而記者站他身旁，手裡拿著筆和記事本。我向警員說：「我非常抱歉，警官。我正趕來開走這輛車。」

「你來遲了一點。」

「我以為交通整理習慣上九點鐘開始。」

他向街角一塊鑽石形標示牌一指。「一小時停車，洞八三洞到么八洞洞。」他說：「週日及例假日除外。」

我給了他最努力裝出來的笑容，說道：「外地來的人，請特別通融一下。」

「車是你的？」

「我在開。」

「讓我們看一下駕照。」他說。

我把駕照給他看。

「好，」他說：「這次放了你。」

記者微笑著連牙齒都露了出來。

我爬進車去，把車開走，自責已留下了一個極好的故事。我已經知道地方報

會有什麼頭號標題：「洛城偵探調查本鎮謀殺舊案」。

他們的內容可能會這樣寫：「賴唐諾——洛城柯賴二氏私家偵探社之資淺合夥人——今晨親來本鎮，查閱本報舊檔案中有關狄科爾被謀殺的資料。

「賴唐諾拒絕接受訪問，堅不吐露姓名予記者。問得多，說得少。無論如何據記者查知，這傢私家偵探社過往對兇殺案之調查……如此如此，這般這般。」

算了，又能怎麼辦？真豈有此理。假如我們的客戶——安迪睦，能把知道的全部告訴我們，我何致把自己的頭鑽進如此一個爛攤子裡去。

事實使我相當生自己的氣。

我想到白莎一直把我形容為有腦筋的渾蛋。我又想到我們那位有詩意，夢樣眼睛，長而敏感手指的冒牌貨客戶，當別人給他一份柑橘林報紙剪報時，會把我看成什麼。

去他的吧！報紙出版前，我早已把本案結束了。他所要的消息，我都告訴他了。

我把車開回洛杉磯，打電話給我私人秘書卜愛茜。

「嗨，愛茜，白莎在嗎？」

「在。」

「有沒有不安寧？」

「有一點。」

「生氣？」

「沒有。」

「你有沒有見到我們昨天的新客戶，一個叫安迪睦的？」

「沒有。」

「他昨天下午三點鐘來的。他今天同時間會再來。現在你給我注意聽：下午二點三刻我會準時在辦公室對街那酒吧裡。酒保認識我。那傢伙一進辦公室你就打電話給我。千萬別告訴白莎我們通過話，也別告訴她你知道我在那裡，知道了嗎？」

「懂了。」

我掛上電話，來到公立圖書館。

有一種索引，可以查出每年在美國各大期刊上，有文章發表的人名。

三十分鐘後，我已確知我們的客戶，從來沒有在本國任何有名期刊，以安迪睦本名或帝木的筆名，發表過文章。我也知道他從來沒有出版過小說、小品文或任何書。

我有個朋友在洛城一家大報資料室工作。我去找他，影印了一大堆狄科爾謀殺案的剪報。這家大報曾對本案新聞大大地炒了一下。放了不少高空，好像他們真知道一樣。結果當然有始無終，不了了之。

我到達酒吧，看了二局棒球。卜愛茜打電話告訴我安先生已經來到辦公室。柯白莎火燒屁股似地在到東到西找我。我又看完了一個打者被三振出局，慢慢地踱回辦公大樓去。

第三章　勒索者

我走進辦公室門，接待室總機小姐說：「白莎拚命在找你。」

我看看手錶，把眉毛抬一下說：「我馬上進去看她。」

我走過接待室，在女郎來得及用電話通知白莎前，打開白莎私人辦公室的門，一腳跨了進去。

安先生直直地坐在椅子上，一隻腳蹺在另一隻腳膝上。臉上有苦難、譴責之狀。

柯白莎眼皮向我猵呀猵的，臉色比平時陰暗了二度。

「你死到哪裡去了？」她問。

我向安迪睦的方向偏一下頭說：「替我們客戶跑腿呀！怎麼著？」

「我不知你去哪裡，找你不到。」

「我在外面跑呀。」

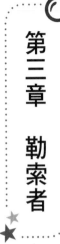

「看來也是如此，你應該給安先生報告了。」

「是的，我都準備好了。」

安先生抬起他深色的眉毛：「真的嗎。」他低聲說。

我走過去和他禮貌一下地握握手。把屁股滑到白莎辦公桌一角坐定。「你要的每件事我都查到了。」

「那好極了。」他說：「你知道他在哪裡了？」

「我知道他姓什麼。」我說：「你要找的人叫狄科爾。他住在柑橘林。他在六年前和方麗芍小姐結婚。」

我停止說話。

他向前坐，坐到椅子的邊緣上，等候我繼續說下去。

我點起一支紙菸。

每一秒鐘的靜寂都使場面更為嚴肅。沉重的壓力更為加強。白莎準備開口，突然瞭解我的靜默是故意造成的，立即把嘴唇變成一條直線，把嘴閉住。安迪睦又變換了一個坐的位置，抬頭看向我，低頭看向地毯，又抬頭看我。

我繼續吸我的紙菸。

「還有呢？」安先生忍不住問道。

「就這些呀。」我偽裝很奇怪：「這是你要的消息呀。那個人的姓名是狄科爾。住家地址是柑橘林，不是在鎮上，而是在鎮外一個別墅裡，房子叫夜鶯別墅。」

「夜鶯別墅。」安迪睦低低地自語著。

我微笑道：「是的，夜鶯別墅。」

我繼續吸菸。安迪睦煩亂地坐在椅上，不停移動。

「好了，」我對白莎說：「我要出去了。我要去辦羅家的案子了，我——」

「我的事怎麼辦？」安問。

我詫異地轉頭看向他。

「你的什麼事？」

「我的案子呀。」

「你的案子結案了。已經解決了。你要查你在巴黎見到的科爾姓什麼。你要知道他住哪裡，我都告訴你了。」

「哪……他現在在哪裡？」他問。

「老天！」我說：「你沒有要我們找出這件事呀。我不知道他現在在哪裡。」

他用舌頭把嘴唇潤濕了一下：「我非常希望能查出來。」

「那可能是相當困難的一件工作。」我說。

「天哪，這是什麼話？」白莎不加思索地衝出口來：「這樣一個人不會說搬就搬，不留下搬往地址的。」

「這要看他搬到哪裡去，才能決定。」我示意並告訴她。

白莎看到了我的眼神，保持靜默。

「嗯——我當然非常想知道。」安說：「我可以……我真的沒有想到，你只查到他姓什麼。」

「你只要我查他姓什麼呀。」

「也許我沒有把我想要知道的，對你說清楚。」他說。

「也許你沒有。」

「好了，好了。」白莎不耐煩地說：「你已經知道了他的姓名，地址。你還在這裡和私家偵探泡什麼磨菇。找個電話亭，打個電話給他。寫封信給他。給他個電報。寄個明信片給他！」

「安先生，白莎說得對。」我說：「你想和你在巴黎見過的老朋友科爾再見面，方便得很。快去吧。他還有一個情節很好的故事在等你，不要忘記了。」

他用手梳理著頭髮，說道：「當然你在查他的名字的時候，也查到某些和他有關的事，是嗎？」

「喔，當然。」我告訴他：「但這些都是和本案無關的。你要我們找的只是他姓什麼。你要什麼，我們提供什麼。」

「我再說一句。」安說：「也許我自己沒說清楚。」

「你是沒有說清楚。」我告訴他：「假如你對那件謀殺案有興趣的話，你更是太沒有說清楚了。」

「我對那件謀殺案沒有興趣。」他說：「我只要……」他的聲音突然因為驚慌而停住了。

我向他笑笑：「你怎麼知道有件謀殺案。安先生？」

他想回答這個問題，但他沒有辦法回答。他的嘴巴想說什麼，但是動起來十分困難。

我聽到白莎的椅子因為白莎突然把上身向前傾，發出嘰嘎的聲音。她像隻獵犬發現了獸跡，嗅到了錢味。

「假如你的興趣是在那件謀殺案，安先生，」我說：「你大大的做錯了幾件事。其中最錯的，你忘了告訴我，主要嫌犯被形容為高而較瘦的男人，有深色頭髮，深色眼珠和長而有藝術性的手指。有位計程車司機至今仍說能指認這個男人。

「你又錯在沒有警告我，在調查的時候會遇到什麼情況，所以我根本沒有掩飾自己行藏。事實上，我大模大樣走進空曠的地方，現在，警方已經知道洛城的柯賴二氏私家偵探社，對狄家的謀殺案發生興趣。由於警方的想法是單純的、直接的。我想他們不會相信什麼巴黎老朋友和什麼有情節的故事。他們自然會想到我們有命案某一角度的興趣。過不多久，警察就會來問我們，為什麼我們對這案子發生興趣。

「你犯的第三個錯誤，是不肯告訴我們你的地址。所以當我發現了我們面對的情況後，沒有辦法通知你，叫你不要到我們辦公室來。

「但是，由於這些錯誤已經造成，你只好自食其果。下次你要請偵探幫你忙的時候，可以做個借鏡。目前，你該付我們五十元。」

「但是……但是……」安迪睦急急雜亂得有如發動一個冷的機車馬達：

「你不能匆忙下結論呀。」

「偵探有的時候會的。」我告訴他。

他在椅中蠕動著。「我抱歉。」終於他說。

「好了，」我說：「我們的工作完了。你說你要的消息，我們都告訴你了，我們不是通靈的人，你腦中的事我們不知道。現在請你給我的合夥人五十元。這是你欠我們的。」

我開始向門口走。

「嗨，等一下！」白莎說：「你哪裡去？」

「出去。」我告訴她。

安迪睦非常狼狽地坐在那裡。

我走出辦公室，走進停車場，坐進公司車，發動引擎，等著。

足足等了十五分鐘，安迪睦才出來。他焦慮地向肩後看了二三次，看到沒有人對他發生興趣，顯然已很放心。

果然，他的車也停在我們大樓的停車場裡。他開車出去時，我對他車仔細看了一下。是輛不太引人注目的雪佛蘭，車況良好，四年前出廠，牌照ＡＷＹ四二一。

我跟了他一段路。他半聰明地玩了一手。到了車輛不多的地方，他繞了方塊大兜圈子，從後望鏡看有沒有車輛對他發生興趣。

我停止跟蹤。沿了主要道路開下去半哩左右，停在一條側街上等著。

他一定又疑神疑鬼玩了不少虛功的花樣，因為我足足又等了二十分鐘，才見到他的車自主要道路直開而下。

這時候，他已深信沒有車在跟他了。現在跟蹤他真是簡單容易。

我跟他來到貝德街一幢平房。

他停車，我也在半條街外把車泊妥。

我看他進入平房。等了三十分鐘，他也沒出來。我就開車回辦公室。

所有小姐都回家了。白莎一個人坐在裡面等候。

「你搞什麼鬼去了？」

「出去了。」

「什麼意思把客戶拋在這裡，自己站起來就走？」

「他要的我們都依約告訴他了。」

「那又如何？」白莎說：「你假如真有你自認的一半聰明，你應該懂得，給客戶做完一件工作，並不表示他不會再另外給你一件呀。」

「我早就料到他一定會另外再給我們一件工作的。」

「你什麼意思？」她問。

「他要我們查明，他現在回來是否安全。」我說。

「什麼叫做——『現在回來是否安全？』」

我說：「案子裡有一個姓聶的計程車司機，在謀殺案發生之夜，帶過一個客人去狄家。司機形容乘客是個高瘦男人，有深色眼珠，未到三十，帶了個手提箱。在快到狄家時，他從手提箱拿出一支手槍，放到後褲袋去。姓聶的想是搶劫，所以特別自後望鏡注意。結果不是搶劫。乘客一直指揮開到狄家的別墅，付了車費，又給了一元小費，走向前門。計程車開回自顧營業，第二天知道案發才把情況告訴警察。」

「姓聶？」白莎說。

我點點頭。

「是唯一的一個證人？」白莎問。

「警察說過的唯一一個證人。另外在起居室還有一個姓哈的銀行家。他和狄先生有個業務上的約會。」

「案子怎樣發生的？」白莎問。

「是一個傭人都不在的夜晚。狄科爾和他太太早先發生了一次大大的爭吵，他太太拿了一個箱子，開了車離開了。這位太太做了件事後想來非常幸運的事。她就在柑橘林一個加油站，把她車加滿了油。那加油站她有長期帳卡可以記帳，她要他們把油箱加滿，檢查機油。加油站的人記得時間，因為她進來時，他正準備打烊回家。

「哈先生說他們聽到門鈴響。狄科爾說聲抱歉親自去應門。哈先生聽到有人和狄科爾在說話，聽到走道中有人走路，也再聽到說話聲，過了一分鐘左右，聽到樓上一聲槍響。

「哈先生急急跑上樓，稍花點時間才發現狄先生在樓上臥室裡。狄先生倒臥在地上一堆血泊中。已經死亡。一顆點三八的子彈打入了他後腦。」

白莎小而貪婪的眼睛一眨不眨地注意著。

「計程車司機怎麼樣？」她問。

「計程車司機知道這位仁兄到達房子的時間是九點不到一分或兩分鐘，因為本來他交車時間是九點鐘。他後來交車還是遲了七分鐘。證人哈先生說槍響是九點正。柑橘林鎮裡加油站的人說狄太太開車進站，加完油離開時正好九點正。他正好打烊。

「狄太太開車直下聖地牙哥。沒人知道她去哪裡。後來她告訴警方，她在第二天聽到收音機廣播前，對丈夫被謀殺事，一無所知。她回來辦理喪事。狄先生沒有留下遺囑。他太太接收一切遺產。他沒有其他親戚。

「幾個月之後，狄太太定居夜鶯別墅，也就是本來的狄家。她很少外出，公認她過的是隱居生活。

「哈先生曾和他自己的好友談起，被謀殺前不久，狄先生告訴他，狄太太已決定離去不再回來。狄先生精神緊張，相當不正常。

「警方的理論是狄先生可能在付勒索者金錢，而殺死他的人正是那個勒索者。」

「憑什麼？」白莎問。

「狄先生在那天早上自銀行提出現款兩萬元。這是他三個月之內第三次自銀行中提出大量現鈔了。上兩次都是一萬元。他也曾告訴哈先生，他在等一位只須花幾分鐘時間的訪客。」

「奶奶的！」白莎說：「一萬元一個月，真是好生意。」

「真是好勒索。」我同意。

白莎又研究整個我告訴她的話。

我問：「他有沒有使你昏了頭？我們有沒有混進去？」

「什麼叫做他有沒有使我昏了頭？」白莎問。

我說：「他的外形和計程車司機形容當晚去找狄先生的一模一樣。警方認為這個人是勒索者。狄先生給了他最後通牒，不再付款，他就把狄先生殺了。」

「又如何？」白莎問。

我說：「白莎，假如你是那個勒索者，你會怎樣？對一個每月付你一萬元的受害者，你會殺掉他嗎？」

「我瘋啦？」白莎說：「我會給他保壽險，我會僱兩個保鏢二十四小時保護他不生意外。」

「正該如此。」我告訴她。

白莎又思索了不少時候說：「如此說來，沒有計程司機，警方就什麼證據都沒有了。」

「大致言來是如此。」我說：「但是也不能這樣低估警方。他們還是非常有經驗，而且精明的。」

「那當然。」白莎同意：「你知道那計程司機叫什麼名字嗎？」

「很奇怪的名字。」

「叫什麼？」

我拿出記事本，我說：「聶缺土。大概命中土多了。」

白莎嘴角浮起了笑容。「總有一天，唐諾，」她說：「你會承認，雖然你有腦子為我們破案，但是只有白莎才有腦子為我們賺進現鈔來。」

「什麼意思？」我問。

白莎打開她辦公桌的一個抽屜，拿出五張全新，沒有摺疊過的，一百元鈔票。

「這是什麼？」我問。

「訂金。」她說。

「什麼東西的訂金？」

「我們已經知道了的消息的訂金。」

「怎麼說？」

「你是從哪裡得來的謀殺案消息？」

我說：「當我知道我們被人擺了一記之後，我就去報館把我們要的資料先收集到。」

「那就好，我們一切消息都有了。」白莎說：「你看這個。」

她遞過一份，顯然是報上剪下來的訃聞一欄的剪報。

我唸道：「聶缺土，聶瑪麗的愛夫，因車禍死於加州蘇三鎮。家祭於蘇三鎮公立殯儀館舉行。花圈懇辭。」

「妙極了。」我說：「這和我們的五百元訂金有什麼關係？」

「我們要去找出來，這個聶缺土，是不是兇案那夜開車去夜鶯別墅的姓聶的。偵查有結論時我們還可以拿五百元。所有合理的開支都可以報銷。唐諾，你快去。」

「這種鈔票拿了有問題，白莎。」我說。

「什麼叫做拿了有問題？」白莎喊道：「這是五百元合法生意賺來的真鈔票。我們用來付所得稅，國稅局還是會收的。不要告訴我，我們不需要它。」

「這錢和炸藥差不多。」我說。

「就算它和炸藥差不多。」白莎說：「那又如何？那人要的只是一個簡單的答案：這個聶缺土是不是那個計程司機。」

我看看我的錶。「好吧！」我說：「但願時間還夠。」

「夠什麼？」白莎問。

「夠我們調查一下導演上官泰的謀殺案。」我說：「你應該還記得，那是一九二一年。也是好萊塢所有未破兇案中最著名的一案。」

又一次我把白莎真正弄昏了頭。

「我們兩個人當中，總有一個是昏了頭。」白莎怒叫著。我把門打開。

「回來！」白莎用最大聲音叫道：「回來，你這小雜種，你——」

白莎私人辦公室和接待室的兩重門，把她叫聲關住。我趕到公立圖書館，開始挖掘一切有關上官泰電影導演被謀殺的舊聞。

第四章　好萊塢謀殺案

上官泰的謀殺案，是好萊塢極典型的。

上官泰在默片時代就成了好萊塢的名導演。

一九二一的一個清晨，上官泰的管家和上官泰的親信助手打開上官泰獨院房子庭院的大門時，發現上官泰倒斃在地上。自此引發了一連串的連鎖反應。

據發現，上官泰根本不是上官泰，而是數年之前突然在紐約神秘失蹤的譚偉利。至於著名大導演自己所說的過去經歷，實在和他所導每部戲一樣的出自虛構。

好萊塢流傳最後被刊登在報上，說是依據謠傳，管家在二樓臥房五斗櫃抽屜中發現一件摺疊整齊的絲質女睡衣。管家必須重又摺疊一次。他對這件事曾特別注意，每隔一段差不多日子，這件絲睡衣都會被摺疊成另外一種完全不同的方式。其實他每一次把它摺疊回來目的也只是確定有此一事。

很多默片時代出名的女星名字，被各報紙牽進又脫出這件大案。聲明、說明、解釋、謠傳把那時代全國人民的興趣引了起來。

年長的觀眾一定尚能記起，默片時代的電影裡，一位明星要追捕離他只有兩大步的匪徒時，他會一進鏡頭，立即完全停住，把手遮在眼睛的上方，像遮太陽一樣向一側作遠望狀，又轉身再向另一側遠望，而後才向正確方向望去，伸出手來向前一指，表示自己沒有弄錯，而後開始向前追趕，追到了下一個轉角，所有的情節又開始重覆一次。

上官泰的謀殺命案調查，和這種的情況相差無幾。

我做了很多很多筆記。

圖書館休息時，我已有兩本筆記簿的資料了。

星期三早上，我又去了次報館的資料室。

我回辦公室的時候，柯白莎正好要出去午餐。

「你去蘇三鎮了？」她問。

「正要去。」

「要去？」她說：「老天，我認為你早已出發去過了。我們客戶給我打電話，我說你已經在那裡了。」

「那很好。」我說。

「你一直在鬼混什麼？」白莎怒問道。

「替我們自己混一點保險。」我說。

「保險？」

我點點頭。

「保什麼險？」

「使我們的執照不要被吊銷。」我告訴她。

「你什麼時候走？」白莎懶得和我鬥嘴，不再問這件事。

「現在，」我告訴她：「我乘飛機去雷諾，在雷諾租輛車，自己開去蘇三鎮。」

白莎生氣地說：「什麼時候能到？」

「還不能確定。」我告訴他。

她說：「我們的客戶如坐針氈。他已經來過兩次電話。他要知道你到了沒有。我告訴他你離開很久了。」

「這樣很好，只要他知道我們在為他工作，他就滿意了。」

白莎板著臉說：「那樣一件簡單容易的案子，你為什麼要那麼多花槍，保險不保險的？」

「就是因為太簡單容易了。」

「什麼意思？」

我說：「警方一直想偵破狄科爾謀殺案。他們只有一個證人，那個叫聶缺土的證人。聶缺土就是警方的唯一本錢。突然的自蘇三鎮傳出聶缺土的訃聞。喪禮只有家祭，花圈都不要，當然他的屍體是準備運回柑橘林再開弔埋葬的。」

白莎搧搧眼，沒有出聲。

「再見了。」我告訴她，開始向門口走去。

「他奶奶的。」白莎低聲向她自己嘀咕著。

第五章　放個鉤子在釣魚

開車到達蘇三鎮，已是快到黃昏了。我找了一個汽車旅館，用真名住入，地址寫了我們偵探社辦公地址。

我去公立殯儀館。

「你們這裡有個死人，姓聶的？」我問。

辦公桌後的男人瞄著我，很仔細地，立即假裝著找找記錄。

「是，有的。」

「請問能告訴我他叫什麼名字嗎？」

「缺土，命中缺土的缺土。」

「知道這個人背景嗎？任何有關這個人的事？」

「這是驗屍官的事，」他說：「公路上車禍受傷。」

「什麼時候開弔？」我問。

「只有家祭。」

「我知道只有家祭。是問什麼時候？」

「還沒有決定。」

「我能看看屍體嗎？」

「是個閉柩棺材。你是什麼人？」

「我姓賴，賴唐諾。從洛杉磯來的。」

「親戚？」

「不是，我只是有興趣而已。」

「你有什麼興趣？」

「只是查一查。聶缺土住在柑橘林，為什麼在這裡開弔？」

「問我沒有用。」

「驗屍官管這件事？」

「是的。」

「我去問問驗屍官看。」

「這是個辦法。」

「那傢伙的衣服呢？」我問：「我想他一定有身分證明。我能看一下他的駕照嗎？」

「我一定先要有批准才行。」

「批准要多久呢？」

「一下就好。」

那人拿起電話，撥了一個號碼，說道：「這裡有一位從洛杉磯來的賴唐諾，他在問聶缺土的事，想看那傢伙的駕照和其他遺物。我應該怎麼辦？」

那人注意聽了一會，對電話說：「好。」

他掛上電話對我說：「驗屍官辦公室有一位代表馬上會到這裡來。只要你有理由，他會給你看你要求的東西。」

「我會給他理由的。」我說。

我等了大概兩分半鐘。我試著和那男人閒聊，但他已不再開口。他假裝著忙於文書工作。

門打開，三位男士進入。雖穿便衣，但全身都像有警察的印章。辦公桌後的男人用大拇指向我指指。

三個人向我走近。

「好了，」三個人中一個向我稍稍亮了一下警徽：「我是這裡的警長。你對聶缺士這件案子有哪一方面的興趣？」

「我在做一些調查工作。」

「為什麼？」

「我是個偵探。」

「你還是個偵探？」

「是的。」

「看看你執照。」

我把我私家偵探執照拿給他看。

警長看看另外兩位高個子，自己說：「賴，這是我們在這件案子中第二次和你交手了。這位先生是本郡的警長。」

「您好，」我說：「很高興見到您。」

奧蘭基郡郡警長隨便地點一下頭，一點沒有伸出他手來的意思：「你昨天在柑橘林報館查什麼鬼？也是查狄科爾的案子？」

「我是看一下發生的實情。」

「好，」當地的警長說：「我看你最好跟我們走。」

他們過來，每邊各站一個人，帶我到一輛汽車去。

他們直接把我帶到一個民宅，我想是當地警長的家。

郡警長是發號施令人。他人倒是頂好的。但是他已先入為主，而且他在生氣。

「你不要想可以在我們面前打馬虎眼，」他說：「你是一個領有執照的私家偵探。這是件謀殺案。」

「當然，我知道是謀殺案。」我說。

「好，老實說，你到柑橘林的報館去亂混，目的就是為了這件謀殺案，是嗎？」

「不是。」

「不要向我說謊，我們有消息來源，說你——」

「假如你的消息來源正確，你會發現我是去查狄科爾的結婚。」

這三個人彼此交換眼神。

「不信你打個長途電話給報館，」我告訴他：「電話費我願意付。你會發現我初去的時候根本沒談到謀殺案這件事。我是去看結婚這件事的。」

警長把這問題拋向一邊。「好，不必打電話了，我們相信你了。你去看那件結婚的事。為什麼？」

「因為有關謀殺的一切我都已經知道了。」

「你承認這一點？」

「當然我承認這一點。」

「有關謀殺的事，你調查過了？」

「當然，有關謀殺的事我都調查過了。」

「這才像話，這才真的像話。告訴我們，你為什麼調查這件謀殺的事？和你有什麼關係？這件案子你知道些什麼我們不知道的？」

「警察為這件案子給報館記者的每一小節我都知道。」我說：「姓聶的死亡，使這件案子產生一個特別的情況。我自己在做有系統的調查，調查所有在我國西南部沒有破的謀殺案。我將來要出一本報導的書。也許我會把這本書叫作『西南法網漏洞』，或再好一點的書名：『天網不恢恢』如何？」

「不要以為我們會信你那一套。」警長說。

「為什麼？這工作很賺鈔票的。你可以賣給專以犯罪為報導對象的刊物。你也可以賣給書店出書。

「假如你們各位有興趣，我可以給你們看，昨天和今天我花了多少時間，在研究上官泰的兇殺案。那才真棒！」

「嘿！這故事少說也寫過十萬八千次了。」郡警長說。

「沒有人像我這樣寫過。」

「你會怎樣寫？」

「我當然在寫成之前不能告訴你。說出來定有人搶先。」

「你做過什麼寫作工作嗎？」

「沒有。」

「不要叫人笑掉牙了。」當地警長說。

「人總有開始的時候。」

郡警長說：「你的開始很特別，一開始就花大量的旅行經費。你一定估計你的書將是百萬巨著。」

「你的開始不是也很特別嗎？」

「什麼意思？」

「你在一本真實刑案雜誌中對狄家的謀殺案也寫了一篇報導。你以前做過什麼寫作工作嗎？」

「我沒有寫，」他說：「有人用我的名亂扯的。」

「我認為，」我說：「我有寫作的天才。因為我是私家偵探，我認為我可以挖一點真正引人興趣的內幕消息。」

我把手提箱拿起說道：「你自己看看這些東西。我可以給你看看我對上官泰謀殺案收集的資料。我不會告訴你我會著重哪個方向。我會怎樣去寫。但是我不反對你們參觀我的筆記。」

他們三個仔細，好好地看這些筆記。他們把手提箱中每本記事本都看了。他們互換眼神，難解地生著氣。

第三個人可能是當地的副警長，他說：「你到蘇三鎮來有什麼貴幹？」

「來查聶缺土。」

「為什麼？」

「我認為聶缺土一死，你們再也找不到殺狄科爾的兇手了。」

「那倒不見得。」奧蘭基郡郡警長說。

我說：「除非他良心發現，自首了。否則絕對沒希望。」

「你為什麼要看屍體？」蘇三鎮警長說。

「我想看看有沒有機會照一張死人在棺材中的獨家照片。」

「那不行。」

「不行就不行。照幾張車禍現場照，他最後死亡地點的照片總可以吧！我自己也喜歡收集這一類資料。」

警長搖搖頭。

「為什麼不可以？」

「因為我們說不可以。」

「你們為什麼說不可以？」

郡警長說：「因為我們是放個鉤子在釣魚——因為我們不要你來這裡把水搞渾，影響我們釣魚。」

當地警長說：「這件案子我們沒有放棄。我們還在調查。我們不要外人來搗亂。」

「我求你們給我看一下意外報告，照一張撞壞了的車子。」我說：「這對我的書會有很多幫助的。」

「不行，想都不要想。報紙目前都和我們合作。你也一定要合作。」

我暴躁地說：「我到這裡來是要花掉不少鈔票的。目的只是幾張照片。」

「你的相機呢？」

「我自會去租一架的。我還不太懂照相。照得好了，對照相機認識多了，我會買架合適的。目前我還沒有決定買哪個廠牌。你們說過開始的時候不能太花錢太特別。」

蘇三鎮的警長突然說：「我們幾個私下談談。」

他們三個站起來，走向一個門。「你在這裡不要動，賴唐諾。」他說。

我等了大概五分鐘。

他們走回來。郡警長問：「你住在洛杉磯？」

「是的。」

「警察局，你認識什麼人？」

「兇殺組，宓善樓警官。」

「留在這裡，」副警長說：「我們打個電話問問。」

他向電話總機說要找什麼人。把電話掛上。

他們三個在等電話時互相觀望著。從他們態度，我知道他們不會饒了我。

電話突然響起，打破寂靜。

警長說：「一定是善樓。」拿起電話說：「哈囉。」突然，從他臉上表情的變化，我知道有什麼特別事發生了。

「姓什麼？」他問電話：「怎麼寫？怎麼回事，再說一遍。」

他拿起支鉛筆，在一疊備忘紙上記著，又說：「好，她叫什麼名字？……她自己的車子。……好，牌照號碼說一下……加州的？」

「想辦法留住她一下。……噢，十分鐘……好，我們會儘量的快……我們在等一個洛杉磯的長途電話……好，你要儘量拖延……那樣可以，但除非不得已。必要時再打電話來。」

他掛上電話，向其他兩位交換一個眼光，好像說是好戲上場的味道。把那疊備忘紙上寫過字的第一頁撕下，摺疊了一下，放入上衣口袋，看一下錶，想要開始說話。

電話鈴響。

他拿起聽筒說：「哈囉。」自他表情，我知道那端是宓善樓在說話。

他報了自己身分，說道：「我們這裡有個腿子，自己說是賴唐諾。你知道這個人嗎？」

電話裡傳來嘰嘎聲。

「他在我們一個案子裡亂搗亂搗。但說他的興趣只是要寫篇報導文章。這是一件目前我們不希望漏出消息的案子。我們該把他怎麼辦？」

電話對面又嘰嘎了好久。

「再給我一點資料。」警長說。

宓善樓警官一講講足了三分鐘。

「知道了。」警長說。

他掛上電話，轉向我。他的語音已十分和善。「善樓說你是非常聰明的一個偵探。說你為了客戶，可以吊死自己祖母，保護到底。善樓說你的話一句也不可相信。」

「他真會損人。」我告訴他。

「善樓也對你有好批評。說你講過的話，絕對守信。」

「那也要我講過才算。」

大家不吭聲一段時間。

「你怎麼來這裡的？」

「我在雷諾租了輛車。」

「好了。賴，我們放你自由回去。」

「我不要回去。」

「善樓叫我轉告你，買他個面子，你回洛杉磯去吧。善樓說假如你不肯回去，就表示你是為一個客戶在辦案。善樓強調你假如不為客戶，你會買他面子立即回洛杉磯。」

我移動身體，移向桌子角上坐下，電話就在我邊上，假裝我要做個決定，回去還是不回去。我把右手放到身後，把全身力量壓在右手上。當我確定我身體已經完全遮住他們視線，他們看不到我右手後，我把右手移到裝那疊備忘紙的淺匣子裡，把最上面一張備忘紙撕了下來。也就是警長寫過字，撕去一張，下面的那一張。

我一隻手把這張紙對摺，又對摺，藏在手掌中。我站起身來，把右手向西褲口袋一插。

他們三個人都在注意我臉部的變化，沒有人注意到我其他小動作。

「怎麼樣？」警長問。

「再想想。」

「你已經想過了。」

「善樓是個好人，我真不想使他失望。」

「他說你太聰明、狡猾。不能相信你。」

「真是知心朋友。」

「我想是的。」

「不過他說得很對，我不是真有客戶，我會回去的。」

「善樓是這樣說的。」

「算數，」我告訴他，把筆記本都放回手提箱：「我雖然貼了不少本。但我聽勸，馬上回家。」

郡警長說：「我對他這件事還認為不那麼簡單。」

第三個人也說：「我也認為另有原因。」

我突然裝出急急地說：「哪你們留我在這裡一天或兩天。也許到時我會告訴你們一個不同的故事。」

「不要，」郡警長說：「我想過了，我要你現在就滾，滾得越遠越好。我們限你一小時離境。到時不走我們給你看看我們是怎樣對付不歡迎的客人的。我們會開道送你上公路。」

「找出去的公路，沒有什麼困難。」

「就怕你有困難，才說的。」

「我實在不喜歡你們趕我走的味道。」

「因為你是善樓的朋友，我們不是趕，是送你走。除非，你是為了客戶來辦案的。」

我向他們告別，走出去，坐進汽車，從口袋中掏出那張紙。紙上有很淺的劃痕。我把鉛筆拿出來，極輕的在紙上劃著平行的線條。警長在上一張紙所寫的字就重現了出來：「高黛麗，洛杉磯，莫山街六八二五號。駕照ＪＹＨ三二八。」

我回到我的汽車旅社，經理說警長已打過電話來，叫他把我的東西都從我房中拿出來，付的錢也回給我。

我表達意見謝謝警長設想周到。

我把車開到出城第二個交叉路口。把車停在路邊，等著。天已很黑，我找的地方有路燈看得到經過我面前所有車子的車號。

一小時過去。

我正想放棄再等。預備發動引擎，但看到一輛福特經過面前，牌號ＪＹＨ三二八。

一位年輕女郎在駕那輛車。我發動引擎跟進，才知道她根本沒有概念，公路上開車還有各種規定的。我努力勉強跟進。

突然，前車尾部紅色煞車燈亮起。女郎把車泊向路肩停下。駕駛座旁車門打開。我看到一條美腿伸出，而後是裙子，另一條美腿。回過神來時她站在公路上，在我正前方。

我猛踩煞車，把車停下。她沒有移動一下。

我從車中出來。

「你想要幹什麼？」她生氣地說。

「我？」我說：「我想去雷諾。」

「是呀！我知道你向雷諾走，但是你怕迷路，你要有輛車在前面替你開路。你跟了我足足二十哩了。現在請你先走，請你到雷諾之前，不要回頭看我和我的車子。

「事實上，假如我沒有想錯，你是當地警察，你們想確定我是回雷諾去了。你大可放心回去告訴他們，我一點也不喜歡蘇三鎮，你們用轎子來抬我，我也不會再回去。」

我說：「我和蘇三鎮警方一點關係沒有。我一個人在趕路。假如你接受我忠告的話，像你這樣漂亮的女人，為了要知道什麼人跟了你廿哩，在公路上停下來，會碰到很危險的情況的。」

「沒錯，」她生氣地說：「我會記住這一點。謝謝你提醒我。現在你請吧，一直走，別回頭。你們車裡幾個人呀？」

「我一個人。」

她走向我車子，向裡看了一下。

「好吧，走吧。」

「我也許有些你需要的消息。」我說：「我的名字是賴唐諾。」

「管你叫什麼名字。我看來你走得越遠越好。」

我爬上車，把車開到她車前面。我開了大概五哩路，來到一個交叉路口，把車停下，退到橫路，關閉引擎和燈光，開始等候。

車頭燈自直路上過來。我能聽到輪胎在公路上沙沙的聲音。一輛車像火箭一樣過去。不是女郎駕的車。

這裡已經是相當遠離任何一個市鎮了，車輛少，車和車間距離遠。我再坐在駕駛盤後耐心地等。

另一輛車也飛快過去，仍不是我要的車。

五分鐘後，才有另一輛車，車速不是太快。是那女郎開的福特。

我讓她先行五分鐘。然後猛力加油。我超過她的車，沿路在她車前走了一段，把車慢下來，幾乎全部停下。等我在後望鏡中看到她車靠近才又向前開。我在她車前又走了二十里左右，她才發現。她把車燈改為遠光，直照我後望鏡，照得我眼睛也張不開。一下她向我超車，把我逼到路肩。我停下，她也停下。

她走出車來，走到我的車窗邊。

「你說你叫什麼名字？」

「賴唐諾。」

「你是幹什麼的？」

「我是一個私家偵探。」

「有趣，有趣。你有卡片嗎？」

我給她一張我的卡片。

「我能看一下你的駕照嗎？只是對一對。」

我把駕照拿給她看。

她把卡片放進她皮包。「好！」她說：「現在我已經知道你是什麼人，要是你再在路上騷擾我，我到了雷諾就會叫你給關起來。」

「用什麼名義關起來？」

「不斷對女性騷擾和其他的行為不檢。」

我笑著說：「這是一條公用的道路。我走一輛車，你走一輛車。我怎能騷擾你？」

「你認為我辦不到？」她問。

「我要不調戲你，你就毫無辦法，而我又沒有調戲你。我也沒有騷擾你。我開車去雷諾，一路規規矩矩，我——」

她把左手抬起，一把抓住她自己上衣的領子，用力向下一拉。上衣撕裂了。她又把裙子下襬用一隻手翻起，兩隻手抓住裙子的布，兩邊一撕。開始時沒有撕動，但一下子裙子裂開，一直裂到腰上。

「有沒有聽到過意圖強暴？」她問。

我點點頭。

「好，那就是你已經犯的罪。你有沒有概念要判多少年？」

我搖搖頭。

「我也不知道，」她說：「不過聽說過卡遜市的監獄辦得很好。這也是你馬上要去的地方。你活該，賴先生。我第一次饒了你，你又一定要再送上門，怪不了我。」

我沒說話，她繼續告訴我：「你一路用車跟著我。我停車抗議。你抓住我，把我推倒在路邊。我掙扎逃不開。正好有輛車車頭燈照過來，我拚命叫喊。你放開我，我跑回我車去，想辦法比你先到雷諾。」

「你還沒有到內華達州，」我告訴她：「你現在還在加州。」

她沒有回答這句話，只是轉身，奔跑到她車旁，跳進駕駛座，把門一下關上，飛快地把車開走。

我想開車趕過她，但是沒能成功。她開車拚命，而且每次我要超車，她就把車開到路當中。

我們時速超過八十里時，紅色閃光和警笛自車後接近。警員揮手指揮我靠邊。

我除了聽話外，還能做什麼？

交通警察把車靠過來。「跟在我後面，」他命令著：「但不准太快，我現在去捉前面那輛車。」

他一下向前衝出。我把車死趕活趕跟在後面。我遠遠地可以看到女郎車的紅色尾燈。警車在追她，離我越來越遠，警笛聲漸漸變輕。

女郎可不含糊，真的在逃。我油門踩到底，跟在他們二車之後。警車終於在我們快過州界前，把她的車逼到路肩，離開雷諾，只有十五里了。

警員火冒三丈。

我自後趕到，把車停下，走出車來，走到警察身旁。

我把聲音提得很高：「你應該給我一個機會，剛才聽我解釋一下。我一直在提請你注意。」

他向我喊道：「你滾回你車去坐到。我叫你不准快。我用九十里在追這輛車，你竟盯著我屁股跑！」

「我當然盯著你跑！」我也對他喊道：「我想叫你停住。你以為我幹什麼？」我說話的態度，使他重新對我看看，對現況又做了新估計。乾脆看我搞什麼鬼。

「有人想強姦這個女郎，」我說：「我們開快車想去報警。你假如剛才肯停下來聽我解釋，說不定你已經捉住一車向蘇三鎮去的不良少年了。但是你不肯停車。你只懂發命令，你就不肯聽別人說話。」

他把頭傾向一側，看看我。

「你在說什麼？」他問。

「一車不良少年，把這位小姐逼到路邊，要污辱她。天知道要不是我正好經過會變成什麼樣！你看看她，看看她的衣服。」

警員說：「你扯什麼？當我沒看見？她一定喝醉了。把整條馬路都當成她一個人的。你想超她車，她兩面在晃。你在追她，我看——」

「她情緒受創太大，」我說：「她有點歇斯底里呀。她要我電話報警。」

「我的警笛一直在叫著。」他說：「她啥也不理。」

我走向她的車：「小姐，你聽到這位警員先生的警笛嗎？」

她開始哭泣：「我想我是聽到的。但是我怕得不敢停車。我以為是那些男孩回來了。」

我用解釋的語氣向警員說：「那些阿飛本來就是用這種方法使她停車的。一個阿飛做出警笛的聲音。學得很像。她把車靠到路邊，停車，他們就把她拖出車來。」

「那時你在哪裡？」他問。

「我想我大概在五里之後，」我說：「他們超過我的時候，也把我逼出過路面。」

「什麼樣子的車子？」

「五三年別克，四門轎車。」

「幾個人？」

「四個。」我說：「都是小孩。其中一個穿T恤，黑皮衣。另一個皺面布鮮艷圖案運動衣。第三個穿前面扣鈕的唐裝，第四個襯衫，運動上裝，沒有領帶，襯衫領翻出了上裝外面。」

「車號看到了嗎？」

「我看是看到了。」我慚愧地承認：「但是一陣大亂，我又忘了。我沒有機會記下來。我一腦子希望這位年輕女士不受傷害就好了。」

警員躊躇著。慢慢地說：「照你說來是一幫人。裡面有沒有一個高個子，金頭髮？」

「有，」我說：「那穿鮮艷運動衣的。有點像打籃球的。」

「十九、廿歲？超過六呎？」他問。

「有沒有超過六呎我不知道。」我說：「我的車一停，他們溜得很快。」

「只有你一個人，你想對付他們四個人？」他問。

「他們不知道我只有一個人。」我說：「我有一支槍，必要時我也會用。」

「你有一支槍？」

「是呀。」

「有槍照嗎？看一下。」

我給他看槍照。

他看了一下，又想想。轉身向女郎：「看一下你駕照。」

她把駕照給他看。

「高黛麗，嗯？」他說：「準備怎麼辦，要告他們嗎？」

她說：「我想，但是不要。我不要我名字在報上亂登，反正我傷害不大。」

警員說：「高小姐，這樣他們還是會在路上欺負其他的女孩子。」

我說：「高小姐，萬一有人問你，對於這位警員沒有去追那一車小流氓而猛追你的事，最好不要提。」

他的眼睛瞇著說：「一九五二別克車，你說？」

「嗯哼。」

「黑轎車？」

「也許黑的，也許深得晚上看起來像黑色。我看起來，他們先超她車看一下，而後讓她開前面，跟著她。又超一次車看清楚。第三次才做出警笛的聲音把她攔下來。她停下來，他們就拉她出車，他們——」

「好了，好了。」警員說：「可惜你沒記住車號。」

「剛才我向你大叫的時候，假如你肯聽我的話，」我告訴他：「你還有時間可以捉到那輛車子。」

「也許，」他低低地說：「但還不能作為她猛逃的藉口。」

「她情緒上受到了損傷。」

「好，」他說：「我去前面檢查站打電話，請他們把路封住。這些阿飛也許跑掉了。但也許我們還可以捉住他們。這一幫人最近鬧了很多事。賴，要是見到車，你能指認嗎？」

「車子我沒有見到什麼特別記號。只知道是五二別克四門轎車，深色，裡面一共四個混蛋。我只能告訴你這一些。另外我想我能夠指認那高個子金頭髮，或者那個頭髮長得低低的矮胖子。其他我都看不太清楚。」

「好，我先走去打電話。」

警員走向他警車，進去，一下把車開走。

我站在高黛麗的車窗邊。

她突然大笑出聲。她說：「唐諾，你真認為我會去告你嗎？」

「你撕掉了你不少好衣服。」

「我不要你在我調查的事裡亂攪和。我這個辦法可以阻止任何騷擾不停的男士。通常我都會把他們嚇呆了。現在，我要拿出我箱子，換上一兩件好看一點的衣服。」

「最好等過了州界再換，」我說：「前面就是州界了。」

「好，你帶路。」

我告訴她：「好的，到了雷諾，請你吃晚飯壓壓驚如何？」

她笑道：「你真是得理不饒人，你在玩什麼把戲？」

「我在調查聶缺土那個計程司機，」我說：「被他們從鎮裡趕了出來。」

她眼睛睜大起來：「你在查聶缺土？」

我點點頭。

「晚餐的事答應你了，」她說：「知道什麼好的汽車旅社嗎？」

我點點頭。

「帶路。」

我們通過州界檢查站時，那交通警察在打電話。我向他揮手示意，他隨便的點點頭。我想他和我們一樣，不想對這件事多加宣傳。我也怕他事後會再多想想，想出對我不太有利的結論來。

我們過了州界，在進城前五里左右，我又把車靠邊。

高黛麗把車在我後面停住。拿出箱子，帶了箱子走到汽車遠離公路的一側。不到一分鐘，她已經把撕破的上衣、裙子脫下，換上了別的衣服。她繞過汽車，過來看我。

「你是當真的，還是開玩笑的？」

「哪一點？」

「你在調查聶缺土。」

「當真的。」

「為什麼？」

「為了我不能告訴當地警方，也不能告訴你的理由。他們把我趕出鎮來。」

「你有什麼看法？」她問。

「對你？」

「別傻了，對聶缺土。」

「目前我不能給你任何看法。」

「為什麼？」

「原因眾多。」

「到底是你沒有結論，還是有結論不能告訴我？」

「我不能告訴你。」

「嘿！」她說：「你真是幫我忙。」

「我是在辦事。」我告訴她。

「很好，」她說：「你希望能請我吃頓飯。我答應你。我要從你身上把這答案挖出來。」

「怎麼挖法？」我問。

「詭計，」她說：「用點女色，也許一點酒。」

「你對聶缺土為什麼發生興趣？」我問。

「我對他一點興趣也沒有。」

「不要笑死我了。」

她說：「你帶路找汽車旅社。登記的時候不許搞名堂。你要一個單人房子，我要一個單人的房子。兩個房子越遠越好。我只要二十分鐘就可以準備好，到時你像個紳士樣來敲門，我們就去吃飯。你請吃飯可以報開支嗎？」

「是。」

「好的，」她說：「你付帳。」

「我請客。」我說。

我爬進車，領先進雷諾。看到一個好的汽車旅社。是客滿的。又看到一個，也客滿的。我走向高黛麗的車子。

「我們可能不容易找到住的地方。」我說。

「只好盡可能再找找看。」她告訴我。

「假如找不到兩個分開的房間，我們能不能——」

「不能。」她插嘴道。

「能不能，」我問：「同一屋簷下的兩間房間。」

她笑道：「我把你想左了，唐諾。可以。」

「好，」我說：「我們再來找。」

下一家汽車旅社，有兩個單人房子。

經理有意思地看看我們，把兩支鑰匙交給我。

她向我說：「二十分鐘。」

「要打電話？」我問她。

她笑笑：「可能要打。你呢？」

「我用電報。」

「好，」她說：「二十分鐘。」

我回自己房子，起了個電文給白莎：

「曾訪作家協會及不少作家。看了部劇本，只是另一種佈局。不必為此衝動，我們客戶不應收集這種普通佈局的資料。祝好，唐諾。」

第六章　遺產的土地

我像個紳士輕敲高黛麗的房門。

「什麼人？」她問。

「唐諾。」我說。

「進來吧。」

我開門進去。她坐在梳粧台鏡子前。

她自裸露的肩頭上把頭轉過來，把眼睫毛下垂。「哈囉，唐諾。」她嫵媚地說。

我完全清楚，這個姿態是經過一再演練的，但是，假如這是預演的結果，預演沒有浪費。

她慢慢站起，向我走過來。

她穿了一套半正式的服裝，兩個肩頭裸露，曲線表露無遺。

看她這身打扮，更使人會多看幾眼她的曲線、她的長睫、她走路時的擺動。

她把長而美的手指放我臂彎裡。

「唐諾，你會原諒我的，是嗎？」

「原諒什麼？」

「我曾一度認為你是當地警方派來看我離開蘇三鎮的。我實在太生氣……我認為我把衣服撕破，會嚇退你了。」

「這——」我說：「就叫做女人佔便宜的地方。」

「有關男性女性的事，都是不公平的。」她說：「大自然對性也不公平。性給二方面都佔便宜，也都吃虧。要不然我現在也不會和你在一起。」

「我看你需要先喝一杯。」我告訴她。

「也有這意思。」她把大圍巾交給我，我替她披在肩上。在飯前我們各要了三杯雞尾酒，她堅持要第三杯，看看能不能使我口鬆一點。我們用了一餐很好的晚飯。玩了一下輪盤。玩了二十一點。也擲骰子。我們玩吃角子老虎。我贏了八元錢，她輸了大概一百五十元，面不改色。

晚上一點半，我開車送她回汽車旅社。

「要進來？」她問。

「相當晚了。」我說。

「怕什麼？」

「你。」

「怎麼會？」

「你撕破衣服找警察的習慣，我吃不消。」

「噢，」她說：「我只撕便宜的工作時穿的衣服。我穿這種衣服時，你絕對安全。」

我走進去。

她坐在長沙發上。我坐她身旁。

「好吧，」我告訴她：「我們該攤牌了。我知道你姓名，我知道你駕照號碼。我是個偵探，我可以調查你，但是這很費時，又要費錢，還是由你告訴我好一點。」

她說：「我知道你姓名。我有你卡片。我知道你住址。我知道你電話號。唐諾，我問你，你是不是在調查狄科爾的謀殺案？」

「我告訴過你，我不能把到這裡來的理由告訴你。」

她看著我思索地說：「聶缺土是騙人的東西。整個地方都是騙人的。」

「蘇三鎮？」

「柑橘林。」

「唐諾，假如你對狄科爾謀殺案有興趣的話。我們兩個人可能彼此幫點忙。」

「在我的工作方式，我不可能幫別人忙。我只能接受幫忙。」

「這倒是好事。」她說。

「本來就是。」

「對你自己好。」

我們靜寂了一下。

「你是在忙狄科爾謀殺案吧，唐諾？」

「不置評。」

「我可以幫你忙。」

「光說不練？」

她又把長長睫毛閉到面頰上，停在那裡半秒鐘。然後慢慢把眼睛打開來。突然說：「好，唐諾。我都告訴你。我二十三歲。結過一次婚。我是個靠工作自己養自己的女人。直到瑪莎姑媽死亡，我就不必再工作。遺產大部份是在柑橘林的地皮。我自己叫自己是藝術家。不是個好的藝術家，也不太差，畫點畫。

「一個工廠想到柑橘林來。我的土地正是他們想要的。土地一度是住宅預定地。我要求改變為工廠用地。任何其他小鎮都會十分高興。因為可以帶動地方繁榮。柑橘林則不是這種辦法。」

「柑橘林用什麼辦法？」我問。

「柑橘林的一切都在市長控制之下。」

「市長是什麼人？」

「巴市長卻如。市政府原本相當健全。舊的警長就很正直。巴卻如大力破壞，又經報館宣傳訪問。

「巴市長後面另有他人。我不知是誰，但有一大堆智囊在後面，由巴卻如出來做傀儡則是事實。

「反正，在投票的時候，那一個很能幹的舊市長被擊敗。巴卻如用的口號是重新整頓舊習俗。他找到一個警官貪污，宣傳成整個警察是落伍的。公正的警長被撤換。新警長來自外地，據說可以不受人情包圍，沒有政治因素干擾。這也曾宣傳過。」

「聶缺土？」我問。

「聶缺土是個計程司機，是市長的堂弟。所以今日的聶缺土，可不是以往的聶缺土。聶缺土來找我。他知道很多事。他對工廠和我的會商十分清楚。他對我接收遺產的土地更為瞭解。

「我告訴聶缺土，工廠對市鎮將有多大好處，會有多少薪水帶給本市就業的人。市區會因而繁榮起來。」

「聶缺土怎樣說？」我問。

「聶缺土大笑。叫我不要天真。他說我要申請改變土地用途要等很久很久。他說有錢要大家賺。」

「要怎樣賺法？」

「用現鈔。」

「你付他？」

「完全正確。是的。」

「多少？」

「每次五千，付三次，一共一萬五千元。」

我吹著口哨。

「我是不是上當了，唐諾？」

「土地用途變更好了沒有？」

「還沒有，我上週才第一次付錢，他說他自己只留一千，其他的都用來造成政治壓力，推動通過的速度。」

「之後呢？」

「之後，他出去就死於車禍了。」

「你對那屍體為什麼發生興趣？」

「我對屍體哪有什麼興趣，我的興趣在發生車禍時他穿的那件衣服。他說過不到最後一分鐘，他不會把我交給他的錢花出去。他說為了保護我的利益，他把我的錢放在銀行保險箱裡，萬一有什麼意外，保險箱鑰匙和一張證明這是我的錢的紙條，會在他衣服的皮夾裡。」

「你相信他？」

「那時候我相信他。」

「皮夾裡有紙條嗎？」

「我無法知道。他們七搞八搞就把我趕出鎮去。他們說我必須向他遺產管理人去申請。」

「你沒見到他皮夾？」

「我被三振出局，根本沒有上壘。唐諾，我把我的一切告訴你了。我試著引誘你，試著對你好，試著伴你玩……老實講，我碰到太多騙子，我認為世界上每個人都是騙子。不過你是真實的……你規規矩矩。」

「我沒有辦法幫你忙。」我告訴她。

「為什麼？」

「因為我為了別人在做別的事。我能收集資料，但是不能提供資料。但是我可以告訴你一件事。」

「什麼？」

「對聶缺土的不幸死亡，不值得流一滴眼淚。」

「為這騙子流淚！」她生氣地說：「我只關心今後土地使用改變如何進行。我不會對這混帳——算了，我想我不該說死人的壞話。這不夠風度。」

「說呀，儘量說，沒影響。」我說。

「什麼意思？」

「他並沒有死。」我告訴她。

她用她大眼看著我：「你怎麼知道？」

「我不知道。我只是猜測。」我說：「我不認為他死了。我認為這整件事是人為虛構的。」

她直直地不動幾秒鐘，想了一下。突然向我看著說：「唐諾，你真的很好，你可以吻我一下說再見了。不過不要冷冷的吻我。我很感激你，還是我來吻你好了。」

正如她所說，她給我的不是冷冷的吻。

第七章 警方的佈局

我乘早上六點的飛機回洛杉磯。差不多和白莎同時到辦公室。

「電報收到了嗎？」我問。

「電報！」白莎說：「我當然收到你電報了。發電報時你發瘋了，還是醉了？」

「神志清醒。」

「你想你搞什麼鬼，到沙漠去拜訪作家協會。就算我們客戶是個作家，他也不會出鈔票叫你去找劇情。『你沒有為劇情衝動。』你說什麼？」

「你沒有懂我說什麼嗎？」我問：「我要你警告我們客戶，整件事，只是警方另一種佈局。」

「哪件事？」

「聶缺土的死亡。」

柯白莎搧著她銳利的小眼說：「那你為什麼不告訴我？」

「我有呀，我給了你一個電報。」

白莎悶了不少時間。「假如這是個佈局。」她說：「我們的客戶就真糟了。」

「怎麼會？」

白莎說：「我想用長途電話找你。差點把電話線都燒紅了。我打電話給蘇三鎮的每一個汽車旅社、每一個旅館、每一個房間出租和下等酒吧。」

「為什麼要找我？」我問。

「客戶不要我們，把我們開除了。我們沒案辦了。」

「這案子怎麼啦？」

「我們客戶自一家報紙獲得了他要的一切消息。」

「哪家報紙？」

「柑橘林之聲。」

「報紙說了些什麼？」

「報紙知道了聶缺土的死訊。寫了一篇很長的報導。並且說到，由於聶缺土的死亡，警方最後一個可能偵破狄科爾謀殺案的線索已經消失。報紙說聶缺土是唯一見過兇手長相的人，也是唯一能替警方指認兇手的人。」

「我們這位客戶，對這消息很感興趣？」

「非常。」

「他有什麼反應？」

「告訴我他要的消息現在都有了，說和我們做生意很愉快。他說從此後他自己會處理一切問題，而且會順利滿意。他說，他認為不再需要我們的服務了，所有問題都解決了。他要的消息已都有了。」

「多妙！」我說：「狄科爾的遺孀，她怎麼樣？」

「什麼叫『她怎麼樣』？」白莎問。

「她在哪裡？」

「這和我們有什麼關係？」

「我們來找出來。」我說，拿起電話請辦公室接線生找柑橘林的狄麗芍。我說要叫人電話，她不在我們不要和任何別人講話，但要找到她哪裡去了，然後用電話來找她，只要她在國內，一定要找到她講話。

白莎一直看著我在指示接線生，兩隻眼睛眨呀眨的。

「你瘋啦？」她問。

「沒有。」

「這樣打電話，要花多少錢呀？」

「我們還有訂金可扣開支呀。」

「現在不行了。案子結束了。」

「講給你聽，」我說：「假如案子的發展是照我查出來那樣，這案子還才開始呢！我們自己會不會被捲進去，還真難說。」

白莎說：「你一定是完全昏了頭。唐諾。再不然你沒聽見剛才我給你講的。我們的客戶——安迪睦先生，告訴我們已經沒有案子了。叫我們開張清單，從此後再沒有開支了。結帳了、結案了——了結了。懂了嗎？」

「當然，我是知道的。不知道的是安先生。」

「他不知道什麼？」

「不知道自己已走進一個陷阱。」

電話鈴響，辦公室接線生說狄太太已離開家裡，大概要外出一個禮拜。沒有辦法可以聯絡。

我把消息告訴白莎。

「又如何？」白莎問。

我說：「我想我們可以和內華達州、拉斯維加斯和亞利桑那州、猶馬的私家偵探聯絡。要他們開始工作，傳遞消息給安迪睦。但是這要花很多的錢。而且花他的錢去阻止他的婚禮，他也不會願意。」

「你能怪他嗎？」白莎問。

「不能。」我說著走向門口。

「等一等。你不能不告訴我這裡面內情，又一走了之。」

「我自己也還不清楚，至少不能確定。」

「你什麼時候會確定呢？」

「警察在安迪睦和狄麗芍走向神壇準備結婚的時候，下令逮捕他們兩人——我就確定了。」

「你開玩笑？」

「不是。」

「那麼，現在我們客戶是誰呢？安迪睦？」她問。

「老實告訴你，」我說：「安迪睦是狄科爾被謀殺當晚，乘聶缺土開的計程車，去夜鶯別墅的人。」

白莎不吭聲，想了很久：「他們有辦法證明嗎？」

「當然他們能證明。要不然他們何必花那麼許多手續，把他薰出來，讓他自己來證明『動機』呢？」

「他奶奶的。」白莎說。

我走出去的時候，白莎正坐在她椅子上，拇指與中指一捻，發出清脆的聲音，臉上有狂喜的表情。

第八章　世上最不可思議的故事

半夜一點半我醒過來，再也無法入睡。所有發生的事湧上心頭，思前想後，我希望能把它得到一個合理結論。

有三、四次我昏昏欲眠，但又驚醒把各種不同的推理轉來轉去。腦子像布袋戲在大打出手一樣。終於在兩點半的時候，我又進入睡鄉。但是電話鈴聲又把我吵醒。

我摸到話機。

是柯白莎的電話。從她語調，我知道我猜對了。

「唐諾，」她使出喁喁情話的樣子說，但說得很慢，好像每個字都會是一塊錢掉入收銀機那種味道：「白莎不好意思半夜三更來打擾你。但是你能不能穿上衣服快些來辦公室？」

「發生什麼事了？」

「我不能在電話上解釋，唐諾。但是我們有一位客戶，發生了大麻煩了，他——」

我說：「聽著，白莎。你告訴我，現在請你來幫忙的，是那個被逮捕的男人？還是男人被捕時，和他在一起的女人？還是他們兩個人的律師？」

「第二種狀況。」她說。

「我馬上來，你現在在哪裡？」

「我在辦公室，唐諾。你快來，保證你聽到世界上最不可思議、最奇怪的故事。」

「狄太太和你在一起？」

「是的。」白莎簡短地回答道。

「我馬上來。」

我自床上跳起，沖了一個澡，匆匆的用電鬍刀推了一下，把自己裝進衣服，開車經過沒有什麼車子的街道，來到辦公大樓。

大樓值夜班人對於幹偵探社的我，早已慣見半夜跑來跑去了。我進去的時候，他嘀咕的和我說著二十四小時工作人員的苦經，送我到電梯口。

我推門進入辦公室，直接走進白莎的私人辦公室。

白莎一副母愛的樣子，面對著一個面有憂色，三十左右的婦人。那婦人直直坐在椅子邊上，手裡拿了一隻手套在扭。已經把手套扭成一根繩子了。

白莎微笑道：「唐諾，這位是狄太太。」

「狄太太，你好。」我說。

她給我一隻冷冷的手和一個溫暖的微笑。

「唐諾，」白莎說：「這是一個你一生不會再聽到的最混帳的故事了。這完全不是這世界可能發生的。這是——算了。我還是請狄太太自己告訴你好了。」

狄太太是一位褐色髮膚，大眼睛，大顴骨，皮膚光潤的人。要不是目前憂傷的氣氛充滿全身，否則倒是一個不動聲色的撲克臉。她能把自己情感完全控制，毫不流露，看到她臉，使我想到墓園中的石雕像。

「狄太太，親愛的，你不介意吧。」白莎問。

「不會，不會。」狄太太低而穩定的聲音說：「無論如何，這是為什麼我們把賴先生自床上拖起來的原因之一。再說，賴先生假如不明白案情，他也無法為我們出力。」

「你現在只需給他個大概，等一下我自會把細節告訴他。」

「那很好。」狄太太繼續扭她的手套。

「一切要自七年之前說起。」狄太太說。

我在她停下時點了點頭。

「只講大概。」白莎用「人造同情」的聲音說道。

「安迪睦和我那時在相愛。我們準備結婚。安迪睦那時替狄科爾工作。

「科爾派迪睦到巴西去工作。迪睦到了巴西，科爾要他參加一個亞馬遜的探險偵測隊。那幾乎是自殺性的。科爾說目的是為了探測油田。派出去的共有兩人，科爾答應他們兩人每人兩萬元獎金，假如他們能完成任務。

「當然探險不是強迫的。但是迪睦急需這筆獎金。有了獎金，他可以和我結婚，也可以開始自己的事業。那件工作是合法的謀殺。那時我不知情。他們去的地區當時無人去過，生還希望千不及一，科爾派他們去時是知道的。

「過了一段時間，科爾流著淚來找我。他說他收到電報，兩個送去的人都失蹤了。他說他們已超過聯絡時間過久，他已派飛機去搜索，地面部隊也已出發找尋，他會不計成本一定要找到他們的。

「這消息對我當然震驚極大。科爾盡他全力使我適應。到最後要提供我安全及彌補我生命中的缺失。」

她暫時停下說話，把手套用力一扭，扭到手指關節都變成白色。

「你嫁給他了？」我問。

「嫁給他了。」

「之後呢？」

「之後，他開除了一個他的秘書。她是第一個告訴我內情的，我不能相信，但事後一切的事實都可證實這是實情。這位秘書說科爾仔細挑選，才決定這自殺探測的地點。他選的地點幾乎和推他進火坑沒分別。」

「你有沒有直接請求你先生解釋？」我問。

「沒有時間，」她說：「當時我覺得太可怕，太不可想像，太意想不到，太被欺負的感覺。電話鈴響，我接電話。是安迪睦打來的。探險人中一個死了，迪睦沒死，在叢林中掙扎終於回到文明。但發現我已結婚了。」

「你怎麼辦？」

她說：「那些日子時，我沒有學會控制自己的情緒。我成為完全失去意志的歇斯底里。我告訴迪睦我是他的，我始終都是他的，我是被騙結婚的。我告訴他我要立即離開科爾。

「此後我做了件我不應該做的事。我——我希望你瞭解，賴先生，我那時歇斯底里得厲害，我——精神崩潰了。」

「你做了什麼？」我問。

「我在電話中一五一十把實況完全告訴了迪睦。我告訴他，科爾送他去亞馬遜本來就是合法的謀殺他。我告訴他整件事是科爾設計好，把他清除掉，使科爾自己能趁虛而入。」

「之後呢？」我問。

她說：「電話那邊有好一段時間完全沒有聲音，而後才有掛斷聲。我不知道迪睦是掛了電話，還是電訊中斷了。我找到總機，才知對方掛斷了。」

「這是哪一天？」我問。

「這是，」她澀澀地說：「我先生死亡的那一天。」

「安迪睦打電話給你時，他在哪裡？」

「在洛杉磯機場。」

「好！之後發生什麼了？」

「我要不告訴你科爾的為人，我沒有辦法把一切解釋得很明白。科爾是很殘忍的，佔有慾強的，冷血的，窮凶極惡而聰明的。他要什麼，不擇手段也要得到什麼。他要我。他不擇手段的原因是他曾首先發動對我的追求攻勢，只是我沒有反應而已。

「迪睦電話打來的時間，我已經對科爾的性格瞭解得很清楚了。科爾也在得到我後，因為滿足了他自大慾望而洩了點氣。畢竟娶到的太太心不屬於他的，只是他要的一件東西到手了而已。」

「你有沒有用你得到的一個消息向丈夫當面對質？」

「我有，賴先生。我在一個月內儘可能用理智詰問他這一切是否事實。我不用感情，不衝動。絕不發脾氣。但是一旦真的爆發的時候，我就什麼都不管了。終於，我和他大吵了一場。」

「吵了又如何？」

「我刮了他一個耳光，我——假如有武器在手，我會殺了他。」

「於是你出走了？」

「我出走了。」

「又發生什麼？」

「安迪睦已經在機場，機場到柑橘林有直昇機可乘。他乘直昇機，找了一輛計程車，直接來到科爾的產業。所發生的事，我是後來才知道的。」

「懂了，發生什麼了呢？」

「迪睦按門鈴。科爾親自來應門。科爾知道迪睦會來，因為在吵架時我告訴了他。迪睦回到文明後沒有和公司聯絡，只是一路趕返，因為在探測時他有所發現，本擬直接向科爾報告的。要知那時他仍是忠心於科爾，他怕他一出現，不免要接見當局和記者，他得到的結果就會公開。雖然如此，我仍有感覺科爾在我告訴他前，多少已經知道迪睦要回來了。」

「說下去。」

「我想科爾是已決定面對這件事了。反正迪睦不能證明派他出去是惡意的。但是科爾一看到迪睦的臉色，知道他是來拚命的——送去巴西想讓他去送命的安迪睦，和今日回來的安迪睦，已經不是同一個人了。迪睦在叢林中一個人生活甚久。性命隨時可以犧牲。生死都在一眨眼之間。」

「繼續說下去。」我說。

「科爾一看到迪睦就心虛得發抖了。他把他帶到樓上的房間。他告訴他，立即回來陪他，就走進隔壁房裡。

「你見到過安迪睦，賴先生。我想你對人的性格一定看得透。迪睦是有點神經質。但是他內心溫和純良。不過我說過那時他才自叢林返回。他樣子和說話不太正常，但他善感和藝術的本性是不會變的。

「迪睦告訴我，過不了幾秒鐘，他懂得了科爾的用意。科爾是想謀殺他。他準備開槍打死迪睦而後說是自衛。科爾可能會事後拋一支開了一二發子彈的槍在他身邊，對人說迪睦指責他搶他的女人。他——」

「不必說他想什麼，」我說：「告訴我他做了什麼？」

「迪睦離開房間，用足尖走下樓梯。他決定和科爾在法庭相見，在有證人情況下相見。免得再被他謀殺。」

「之後呢？」

「正在迪睦離開大門的時候，他聽到了槍聲。」

「迪睦知不知道你已離開，不在家？」我問。

「他知道。這只能說我和他心靈相通，或是他的第六感。他說他一進房子就知道我不在，而且是永遠的離開了。也許是科爾的表情告訴他的。也許真是直覺。」

「不是科爾告訴他的？」我問。

「不是，他說不是的。」

「好，迪睦聽到槍聲，他怎麼辦？」

「他走到公路，搭便車回洛杉磯。他在報上看到科爾的死亡。他看到計程司機指認歷歷，只要有人知道迪睦沒有在巴西死亡，連想都可以想到是他。他連一點機會也沒有。他知道他一出面就會被控科爾是他殺的。

「迪睦是有一百個理由要殺科爾。但是他——賴先生你看，除非是真正殺死科爾的殺手出現，迪睦是絕對沒有希望的了。」

「之後呢？」

她說：「我知道迪睦會在哪裡。我那晚去看他。我們討論這一切。我們決定迪睦在真兇被繩之於法前，不能露面。這一招並不困難，因為所有知道他的人都以為他已死在巴西了。如此我們兩人進入了漫長的夢魘。

「迪睦始終不露面，我盡全力設法使丈夫的命案快破案。我回去接收遺產。因為科爾還來不及廢除我的繼承權，我就接收了他每一分錢。世界上再也沒有比拿到這個人的全部錢更有報應感了。」

「那到底是什麼人謀殺了狄科爾呢？」我問。

「哈古柏謀殺了狄科爾，」她說：「但是我們沒有辦法證明。今後也不會有辦法證明。哈古柏太聰明了。哈古柏大略知道這宅子裡在進行著什麼事，他跟隨科爾和迪睦上的二樓。知道科爾去取準備拋在迪睦屍體旁的手槍。因為哈古柏本來就是科爾請來做人證的人，他等在客廳，有事商量是假，請來做自衛殺人偽證是真。

「哈先生進入房間，鎮靜地拿起手槍，自後面把科爾打死。下樓電召警察。」

「哈古柏有動機嗎？」

「我不知道。我只知道一件事：我先生死亡那天，曾自銀行裡提出兩萬元錢。我想這兩萬元也有可能是準備付迪睦去巴西的獎金，實行當初的諾言的。不知什麼原因他想把這兩萬元付現鈔。這兩萬元錢，後來不見了。」

「再說，有連著兩個月，我丈夫在付勒索錢。每個月一萬元。」

「哈先生一直只是個辦事員。突然他發起來。自我丈夫死後，哈古柏每年穩定有成就，現在已是有影響力的銀行家了。」

「好了。我們來說現在。」我說：「發生什麼事了？」

「警察日夜注視我。他們覺出我會和他們認為是兇手的人聯絡。我非常非常小心。我過著隱居生活為了保護迪睦。漸漸地，警方的日夜看守鬆弛了。我和迪睦有機會可見面，但每次都須等候很久才能見面，見了面也心痛憂苦。

「聶缺土，當然是本案唯一證人。而後我突然看到聶缺土在車禍中死亡。我不敢對這件事抱太多的寄望。但是我們認為假如由迪睦出去請私家偵探，根本不讓他們知道迪睦住哪裡，如此即使出事，警方不會因而逮捕迪睦。

「然後我們發現聶缺土是真的死了，而且警察對本案已經放棄了。我現在知道我們實在太笨，但是在情感上我們兩個也實在太餓，餓得太久了。我們見面太困難，見了面反而沒有什麼好說了。所以從報上見到消息後，竟相信警方再也不會管這件案子了。

「想到了我們可以正式以夫婦關係出現在大庭廣眾之間，想到他又可以用本來身分出現，這一切衝昏了我們的頭。我們認為早晚我們要面對世界的，我們決定立即面對它。」

「所以，」我說：「你們走進了陷阱。」

她用力地扭轉她的手套。「我們走進了陷阱。」她說：「我們飛到猶馬。我們走進公證處去結婚，警察在等著。喔！實在太殘酷了！他們為什麼一定要在那個時間來呢？至少他們可以等到我們完成婚禮，而後——」

「而後他們就沒有辦法在證人席問你了。」我說：「婚禮一完成，你就是他太太，太太是不能用來作證人，證實丈夫的罪行的。再說，等到你們去結婚時逮捕你們，正好證明他殺人的動機。」

「你說得很對，這完全是個陷阱。」她承認道：「是警方故意安排的詭計。他們知道聶缺土是他們唯一的證人。他們知道聶缺土萬一死亡，他們的案子也完了。所以他們說服聶缺土。明天各報紙都會更正說明，當初死者只是個路旁搭車客，因為聶缺土給了他張名片，才導致誤認。」

我搖搖頭：「不會，他們不會用這辦法。」

「什麼意思他們不會用這辦法？」她說：「他們已經告訴我們，他們——」

「他們再想一想就會有別的意見了。」我說：「他們怎肯錯過這個吹牛宣傳的好機會。警察會說他們如何聰明地設立陷阱讓逃犯自己冒出來，鑽進去。隱藏六年的逃犯，難逃法網。」

她又扭著手套。這次她連臉都扭曲了，但她眼眶是乾的，她聲音低低的，恨意十分明顯。

「我會把這樣對付我們的人殺了。」

「那也幫不了忙。」我說。

「我該怎麼辦？」她問。

白莎的機會來了。「狄太太已決定完全交給我們來處理，唐諾，而且不必擔心應該花多少錢。我和她對這一點已訂好協議。警官一逮捕迪睦，她就和我聯絡了。

「唐諾，我們兩個都希望你能對本案立即開始工作。由於這件案子牽涉問題很多，我們現在起，要把所有其他案子放棄，集中全力，只辦這一件案子。」

我從白莎桌上拿起電話簿。「你目前第一件重要的，」我說：「是請個律師，而且要快。」

她說：「我已想到這一點了。洛杉磯有兩個非常出名的律師，他們曾一再被人提起，他們是——」

「不必提他們，」我告訴她：「這件案子會在奧蘭基郡開庭，你要從聖安納找律師，而且要找一個聽話的。」

「什麼叫做聽話的？」她問。

「肯聽我話的，」我說著，伸手拿電話撥長途台。我對著電話說：「總機，這是一個緊急電話，我要和聖安納的一個律師，叫做桂巴納的講話。電話號是SY三—九八六五。請一直響鈴，響到他來接為止。」

第九章　桂律師的策略

我們把車停在桂巴納律師辦公室所在的大廈門口時，天才破曉，街上幾乎沒有人。

桂律師在等著我們。

他是矮而結實一型的體格，看起來有點經驗。他是我學法律的同學。

我們把大致的情況先告訴他，他當然對狄科爾的謀殺案，早已有各傳播工具得來的認識。這在當時是一件人所共知的大案子，報紙宣傳得十分厲害。

「他們並沒有想逮捕你？」他問狄太太。

她搖搖頭。

「他們會回來，請你做重要證人。」他說：「地方檢察官會表演得像個父親，非常慈愛。他會解釋這事本來和你無關，只要你把一切事實說明，什麼困難也不會有。但是他必須要召你作為一個證人等等——」

「我怎麼辦？」她說，她嘴唇合成「一」字，怒容顯見。

「告訴他說，去他的。」桂律師說：「當然不用這三個字，不過用些文字，相同意義，對被告更有利的就可以。告訴他，他根本不瞭解安迪睦，一切是個天大的誤解，安先生連隻蒼蠅都不會隨便殺。告訴他，你對警方調查你先生這件案子的過程從來沒有滿意過。告訴他，你認為這件案子現在可以讓記者知道實情了。你要恥笑他們現在所白忙的錯誤方向。恥笑他們找錯了人。」

桂律師停一下吸口氣，又說：「誇大一點！用全部的精力！讓所說的每個字都有感情。像在演戲。最後流兩滴眼淚，不再做任何聲明。只說要說的都說了。沒有什麼可以再說的了。

「假如他們問你，你是不是不願合作，不願對本案提供消息。你要大聲地說當然不是！你要合作，你要提供他們一切消息，只要知道的都會提出來。不過要說任何話，都要在安迪睦的律師，桂巴納辦公室裡說。你看你辦得到嗎？」

「當然我辦得到。」她說。

「你肯這樣辦嗎？」

「你放心。絕對。」

「那好，」桂律師說：「我現在要試著去見安先生。他是在亞利桑那州被捕的，他有沒有放棄引渡？你知道嗎？」

「對這些我一無所知。他們把他押起來。我試著和他說話，他們沒允許。是在結婚禮堂裡。他們逮了他，匆匆押上車就走，像去救火一樣。他們顯然在拉斯維加斯和猶馬兩地等著我們。只要我們去那裡結婚，我們就死定了。」

桂律師說：「假如他們尚未說服他放棄引渡，我們爭取引渡。我們拚命爭。假如他已經放棄。只要他們把他一送進郡看守所，我就有辦法可立即要求接見。」

桂律師轉向我。「賴，」他說：「在以前兩件我的案子中，你們曾有了不起的幫助。這次我們也希望你們出點力。」

「那錯不了。」白莎說。

桂律師對狄太太說：「辦案子的時候，律師能不能得到正確的消息，關係重大。我希望你能和這兩位私家偵探訂定個什麼——」

「協定早就已經訂好了，」白莎強勁有力地插嘴說：「這一點你不必關心，桂律師。你一定可以得到我們的合作和協助。」

桂律師對白莎的話想了一下，看看白莎冷冷的眼神，把嘴唇向後一收，玩了一下手中的鉛筆，對狄太太說：「我想我應該先收你一點訂金。」

「多少？」她問。

「這件案子不會是件便宜的案子。」

「我也沒有叫你看成一件便宜的案子。」

「兩萬元。」他說。

她打開皮包，拿出支票本。

「真正殺死我丈夫的人，」她說：「是哈古柏。」

桂律師抬起頭來：「不提任何別人，你只知道安迪睦先生是無辜的。其他都由我來辦理。」

「很好。」她說。

桂律師看看我：「我要靠你們兩位提供事實真相。」

每次當客戶在開支票的時候，柯白莎總認為是神聖時刻。任何小的聲音，或動作都是打擾，是污衊神聖的。

白莎坐在那裡，不敢呼吸出聲，看著狄太太在長條狀支票上簽字。等簽字完畢，白莎才長聲吐氣，把憋住太久的氣吐掉。她看著支票自狄太太的手轉入了桂律師的手。才深深的吸了口氣。

「我們什麼時候吃早餐？」她說。

第十章　騙人集團

各晨報頭條消息都載著：

「謀殺兇嫌落入警方陷阱」

內容都很詳細，六年前被謀殺未破案的沉冤死者，狄科爾，有油田及大批柑橘林土地的大富翁，六年前在家中被謀殺，此案由於警方的聰明設伏，已面臨偵破階段。

警方對嫌兇的外型有甚好的形容。一位當時是計程車司機，事後因房地產及其他投資成為相當富裕的聶先生，對最後見到狄先生的人形容十分詳細。

警方始終認為本案兇手，無論是什麼人，其動機一定是為情殺。警方亦知道該案弱點在聶缺土——前述之計程司機，為唯一能用之人證。

因此，為求最後的期望，警方和報界合作，設下了陷阱。

適逢一名無法證明身分的流浪搭車者，因車禍死於蘇三鎮時，警方請聶缺土暫時隱居數日。警方暫時指認死者為聶缺土，感謝各報各界之合作，使兇手自認已脫離危險。

這使多年不敢活動的安迪睦——據傳已於亞馬遜流域死亡在前——不堪久隱，又展開動作。幾乎只在警方宣佈由於唯一證人死亡，他們必須放棄本案的一小時之後，安迪睦和狄麗芍——狄科爾的遺孀——相偕出現在亞利桑那州的猶馬市。他們已準備好結婚證書，就在成為夫妻之瞬息前，被等候於彼處的警探逮捕歸案。

警方對狄麗芍目前尚無任何行動。奧蘭基郡的地方檢察官宣稱，她會以重要證人身分被傳訊。問題重點將集中於此六年內，狄太太是否知道安迪睦並沒有死在巴西，以及知不知道安迪睦躲在什麼地方。也要知道他們會過多少次面，有沒有資助他躲藏。當然最重要的是她知不知道安迪睦是殺死她丈夫的兇嫌。事實上這件事她本應在六年前向警方聲明的。

報紙特別提醒大家回憶，狄太太是在她丈夫被謀殺十多分鐘前離家出走的。謀殺的時間可能是經過精確算計好的。謀殺發生時，狄太太正在兩哩外一家加油站加油，用的是記帳，成為攻不破的時間證人。

地方檢察官宣稱，該案將重新自新方向深入偵查。

我們三個人一起吃了早餐，開車回洛杉磯。我找了一家理髮店，剃了鬍子，按摩，在臉上用了很多熱毛巾。

我回到辦公室。卜愛茜——我私人秘書——給我一張記事單和一個電話號碼要我回電。

「是什麼人？」我問。

「不肯留姓名，是個很性感的聲音。她說她和你是在雷諾認識的。要你打電話給她。」

我就打電話給她。

高黛麗說：「唐諾，有空和我一起吃早餐嗎？」

「嘿，你真舒服。」我說：「我是一個要工作才有飯吃的男人。我早就吃過早飯了。」

「吃過多久了？」

「好幾個小時了。」

「那你可以吃第二次早餐了。」

「你在什麼地方？」

「我自己公寓裡。」

「你怎麼回來的？」我問。

「我開車。」

「什麼時候到的？」

「大概昨晚十一點。」

「看過報了？」

「還沒有。」

「有點有關柑橘林的消息，」我說：「你也許會樂於知道。」

「好，我來看一下。重要的是，你到底來不來吃早餐？」

「什麼時候？」

「現在。」

「什麼地方？」

「慈道公寓。」

「馬上到。」我告訴她。

卜愛茜，一直在聽著我說些什麼，臉上沒有表情：「有關這次電話要不要我幫你聽寫下來，做成備忘存檔？」

「現在不行，」我說：「正忙著。」

「我也這麼想。」

「愛茜，要是白莎找我，告訴她我來過，又出去了。你不知我哪裡去了。你對白莎太清楚了，你分辨得出她是急著要我，還是只是問問而已。

「假如真有了不起的事，打這個電話找我，但不要給任何人知道這個號碼。除非必要也不要打電話找我。知道了嗎？」

她點點頭。

「你真好。」我告訴她。走出去的時候，我拍拍她的肩。

慈道公寓是一個非常像樣的地方，高黛麗有一間有扇東窗，朝陽可以照進來的公寓。

她穿了一件毛茸茸，有大大燈籠袖的玩意兒。喉頭的部份老像要開花開開來似的，而燈籠袖垂下來的時候，老像會垂到咖啡裡，拖到蛋黃上，甚而夾進烤麵包機裡去。要不是她純熟的室內特技，恐怕也難於千鈞一髮之間脫險。

我好玩地看著她。

早餐非常好。我不是真餓，但還是很好吃。

「唐諾，」她在我吃完了盤中的東西時說：「你知道嗎？」

「什麼？」

「我對你說過的聶缺土——」

「嗯哼。」

「他沒有死。」

「我叫你看的報紙。」

「我不一定要看報。他今天早上七點鐘打電話給我了。」

「聽到他聲音嚇一跳吧？」

「是相當怕，老實說，我也實在不想再和他打交道。」

「你不好意思說出來，你倒希望他真死了，是嗎？」

「沒錯，我倒希望他真死了。」

「這才像話。」

「他電話中說他還要一萬元。他說議會裡有幾個人比他想像要頑固得多。他說有五個人，他準備每人送五千，如此他自己就一毛不剩了。他說他真抱歉未能如約完成，所以他決定只做中人，一毛不收。」

「大慈善家，嗯？」我說。

「他如此說的。」

「你怎麼辦？」

「我告訴他我考慮考慮。」

我微笑說：「所以你做好早餐，把我引過來？」

她等了一下，想一想，笑著說：「就算是的，我做好早餐，把你引過來。」

「我是一個專業人員，」我說：「我另有一位合夥人。我們替人服務是要收錢的。」

「我願意出錢付你們的服務費。」

「在這件案子裡我不能收你錢。我也不能接你的案子。」

「為什麼？」

「可能利益有衝突。」

「我不能做你們僱主？不論我付多少錢？」

「有關聶缺土，就不行。」

「我們是朋友，你能不能給點建議？」

「朋友立場，可以。」

「那就給我朋友立場的建議吧。」

「告訴他滾遠一點。」我說：「告訴他，你要他還你那一萬五千元。」

「從聶缺土那種人手上要還一萬五千元來？」她問：「你瘋啦？」

「我沒有告訴你要得回來，」我說：「只是告訴他，你要他還你。」

「之後呢？」

「之後，他會問你你想怎麼辦。」

「我怎麼辦？」

「告訴他，你有辦法把柑橘林這些醜聞搞到大家知道。」

「然後呢？」

「當然是把電話掛起來。」

「之後會發生些什麼？」

「土地重劃一定會通過，你可以和工廠完成洽商。」

「真有此事？」

「當然不能百分之百，這要看議員混進這件事的程度。也要看姓聶的扯腿的能力。完全看他那一萬五千元有沒有分給什麼人。」

「但是，」她說：「我對他一點把柄也沒有。」

「一萬五千元現鈔可是真給他了？」

「是的。」

「怎樣給的？」

「五千一次，三次。」

「哪裡來的錢？」

「當然是從銀行拿的。」

「怎樣從銀行拿的？」

「開支票，領現金。」

「一次兌五千？」

「是的。」

「為什麼分三次？」

「聶缺土要這樣的。」

「這三次間隔如何？」

「每次只隔一天。他規定星期一五千，星期二五千，星期三五千。」

「在哪裡付他的錢？」

「這裡。」

「就在這公寓裡？」

「是的。」

我說：「把工廠的事告訴我。」

她猶豫著。

「不說也可以，只要告訴我個大概。」我告訴她：「機密的事不要講。我現在正在辦和柑橘林有關的另外一個案子。只要我認為你的案子可能對我的案子有利時，我會充分利用的。這一點我要先告訴你，免得你吃虧。」

「你是說你在辦狄家謀殺案？」

「可能。」

「我想有些事情我早該公開的，但是我沒有。」

我看看手錶。

「好，我決定告訴你。」她說：「這個工廠是一個新奇的工廠。他們決定用無害的薄塑膠，裡面裝上水，做成三分之一寸大小，平時放冰櫃裡結冰，使用時拿出來混在酒或飲料裡，如此可保持飲料之濃度，又和放冰塊效果相同。這種東西用完又可以放回冰櫃結冰再用。他們決定把這種東西做成柑橘、橘子和檸檬等水果的形狀，只是大小要小得多。由於決定做成水果形狀，所以希望工廠設在加州，尤其希望設在柑橘林，如此他們的工廠名稱，信紙信封上，及成品的盒上都可以有『加州，柑橘林』的字樣。他們準備把它宣傳成南加州的紀念品。凡是到加州來玩，或自加州出去探望親友的都以這種產品為禮物。當然也會被人躉批或郵購到東部。工廠老闆認為成品上有加州，柑橘林，才是成名要訣。要以此為商標。」

「出品數量會很大？」

「極大量。而且有大計畫推廣，希望全國的禮品店會推銷它。火車站、機場、遊樂場和觀光場所不在話下。」

「他們要多少土地？」

「十畝。」

「十畝！」

「是的。」

「為什麼要那麼多地？」

「因為那種東西很重，他們要鋪條火車支線——」

「火車支線！」

她點點頭。

我想了想又問：「你是直接和工廠商量，還是經由房地產經紀人？」

「我直接和工廠商量。董事長是一位姓沙的。」

我又仔細地把這件事想了一想。我問：「他們要的這十畝地，都是需要重劃才能變更為工廠用地的嗎？」

「一部份目前是住宅用地。一部份是商業用地。」

「怎麼十畝地上都沒有建築物——」

「噢，上面有建築物。」她說：「那些建築是便宜的，隨便搭造的違章建築。」

「怎麼會都是你的地呢？通常這種購地都會有好幾個地主，甚而還有產權不明的。」

「我的瑪莎姑媽非常精明。她說這塊土地在市鎮繁榮起來的時候，一定會特別值錢。所以她連續不斷地收購了好多年，才把許多土地歸為她一個人名下。最後一二個不肯脫手的小地主，她還付了超出地價不少的大價錢。」

「現在全部是你的了？」

她點點頭。「我是她唯一的親屬。我地產多得不知道怎麼辦才好。我不喜歡處理地產。我是個藝術家。我喜歡畫畫。但我現在搞得一身銅臭氣。」

她期望地看著我：「我需要一個人代我管理，最好是瞭解我的能幹人——」

「給你個建議。」我打岔她。

「你說的都可以接受。」她說。

「找到你的銀行，」我說：「把這一切困難交給他們的信託部門。告訴他們由他們來做生意，你要生活收入即可。」

「我不太喜歡。銀行沒有私人關係，一切公事公辦。看來好像自己承認無能，倒反請求他們監護似的。」

「像你這樣到東到西急著找人來代你管理，有天你就真需要監護了。」

「我還信得過我的直覺。」

「這更證明你要有人監護。」

「我懂我自己在做什麼事。」

「好了，不談這些。那聶缺土什麼時候再要和你聯絡？」

「今天下午，不知什麼時候。」

「叫他滾遠一點。」

「唐諾，我們做個交易。假如我能順利通過土地重劃，我可以——」

我搖搖頭。

「為什麼不可以？」

「你通不過。」

「為什麼？」

「因為你自己一竅不通，」我告訴她：「你講的那種工廠不需要十畝地，也不需要火車支線開進來。」

「但是那工廠要那麼多地。他們錢都準備好了。」

「而且，」我說：「聶缺土是專家，這一萬五千元只是引你進去的小錢而已。」

「但是我已經投資了那麼多，我——」

「這正是聶缺土要你如此想的。」我說：「你拿出兩萬五千元後，你不是投資了更多了，更歇不下手了？他們就再要你兩萬。等你再拿出兩萬後，你更歇不下來了。你只好把他算成合夥人了。」

「但是，唐諾，這……這對我很重要。我又看起來笨笨的，不知道——」

「要知道，」我說：「你是在對付一個地方有權的騙人集團。聶缺土現在又是一件謀殺案的主要證人。他跑到證人席上去時，被告的律師會把他什麼都掀出來。你一定要釜底抽薪。叫他滾遠一點去。你要向我問建議，我可給了你。也許不值太多，但足值兩個荷包蛋和一杯咖啡。」

她說：「我請你來早餐倒不是為這些。人家誠心誠意請你早餐。我還滿喜歡你，我需要有人——」

「算了，」我告訴她：「快點去你的銀行，照我說的做。」

她生氣了：「你認為我的直覺不值一毛錢。是嗎？你認為我會找到騙我的人代我工作。你是不是靠不住的人？我給你個機會讓你來欺騙我，你幹不幹？你不肯，叫我去銀行，還要說我不會選人。」

電話鈴響，繼續地響著。她做了個無奈的表情。拿起電話說：「哈囉。」然後蹙起雙眉。

「給你的，唐諾。」她說。

我拿到電話。

卜愛茜的聲音說：「唐諾，這件案子已經鬧得大家注目了。桂巴納已經向聖安納提了不少次通知了。這件案子和我們牽涉太多，我們被拖進去了。柯白莎在發歇斯底里。有兩個記者在辦公室等著訪問你。」

「把他們留在那裡，我有話要說，馬上回來。」我說。

「馬上是多少時間？」她問。

「我意思是馬上。」

我抓起帽子，說道：「謝謝你的早餐。小姐。」走向門去。

第十一章　告訴記者的故事

我跨進辦公室的時候，白莎眼睛都亮了起來。報館記者給她一段不太好受的時間。

記者只有兩人，另外一位是攝影師。我和他們一一握手。

「朋友，你們想知道些什麼？」我問。

他們是第一流的，不亂兜圈子：「你們在狄家謀殺案裡是代表兩位被告的？」

「這件案子中有兩位被告嗎？」我問。

「可能有呀。」

「這件案子中我們為桂律師巴納工作。」我說。

「他們怎麼會選上桂巴納作辯護律師的？」

「他是個好律師呀。」

「我不知道。不過我想知道他們怎會選上他的？」

「這一點恐怕你們要去問安先生了。」

「據我們知道，賴先生為這件案子已工作了好多天了。你去過柑橘林，在報館舊檔案中東翻西翻。你也問過狄家這件案子。」

「沒有錯。」我說。

白莎喘了口氣：「唐諾，這一點我否認了。」

我坐到辦公桌的邊緣上，微笑著說：「白莎，我們不可以向記者說謊。這不是好辦法。我對記者只用兩種方法。要是不想說實話就什麼都不說。」

「那麼，這是事實，你去柑橘林看狄家的案子？」

「我可不是這樣說的。」我說。

「你怎樣說的？」

「我是到柑橘林辦案去了。我也是去了『柑橘林之聲』，我也問起過狄科爾。」

「這不一樣嗎？」

「不一樣。」

「為什麼？」

「因為我去的目的是查一件事，和謀殺案完全沒有關係的。在和報館人談話之前，我完全不知道狄科爾被謀殺這件事。」

「亂講！」

「是真的，朋友，我是真心在對你們。」

「那你去柑橘林幹什麼？」

「另外一件事。」

「是什麼呢？」

我說：「我是在為一位我不能告訴你們名字的客戶調查一件事。告訴你們一點點沒關係。柑橘林即將成為西南方幾個最大工業區之一了。一個東方最大的汽車廠準備在柑橘林買一大塊地，把鐵路開進去，運零件進去裝配，所以會給當地居民大量就業機會，地方繁榮等等——

「柑橘林已經暫時被選為合宜地點。為了要有足夠土地完成這計劃，有好些土地需要改變用途。為了要使西南工業發達，為了繁榮地方，改變土地用途本來是順理成章必然之事。但是，這件事被一拖再拖到了沒有理由解釋的程度了。據知有些有影響力的人士故意在作難。汽車公司要調查內情。當然他們對一個政治腐敗的地方也不肯投資。」

「我們能相信你嗎？」記者問。

「放心，絕對有這件事。」

「真有個廠要開到加州來？」

「是的。」

「哪家公司？」

「這一點目前我不能宣佈。」

「你說是東部的大汽車公司？」

「我說過，」我告訴他們：「而且你們可以相信我。但是，最後變了一個相似性質，相同大小的工廠也有可能。」

二個人拚命把鉛筆在記事本上記著。柯白莎呆呆、驚奇地看著我，一副不能相信的面孔。

「告訴我們，你為什麼去柑橘林翻舊報呢？」

「我想對一位人物的個人資料多收集一點。」

「後來你去了蘇三鎮？」

「後來我去了蘇三鎮。」

「你在那裡遇到了奧蘭基郡的警長，據說被趕了出來？」

「我是應他們請求，他們叫我看在一位洛杉磯警方朋友面上，我自己離開的。」

「為什麼？」

「現在我才知道，警方在那裡佈置陷阱，對付一位他們認為是狄案兇手的人。在那時，我不知道為什麼。我離開是經他們一再請求看在一位朋友面上。再說，我也發現我去查的事反正不會有結果了，所以我自己離開了蘇三鎮。」

「假如我們描述你去調查的人，和這件腐敗事件有關的，安全不安全呢？」

「這要看你安全『描述』到什麼情況。你真登出來，可能有人會告你誹謗。」

他們想了一想：「你怎麼會混進狄家那件案子去的？」

「桂律師僱用我們的。」

「什麼時候？」

「今天很早的早上。」

「是他打電話給你的嗎？」

「我們是由電話聯絡的，沒有錯。」

「在哪裡見面討論的呢？」

「在他辦公室。」

「說起來也太巧了，在短短幾天之中，像柑橘林這樣小地方，竟有兩件案子和洛杉磯相常有名氣的一家偵探社發生關係。你說呢？」

「這要看你從哪個角度看。我想也許我們要謝謝柑橘林之聲。他們發佈了一個我在調查狄科爾這件謀殺案。這消息被桂律師看到了。我相信他因此做了僱我們的決定。」

「狄太太會怎麼辦，你想她會和警方合作嗎？」

「有關狄太太的事，桂律師是發言人，我看只好問他了。」

「為什麼大家以為安先生在巴西死了，但是安先生幾年前脫險歸來，卻不敢告訴人他沒有死？」

「這個問題你也只好問桂律師了。」

「他為什麼要藏起來呢？」

「我不知道，也許他自己也在查什麼東西。桂律師可以回答這個問題。」我答道。

「是不是狄太太在她丈夫死亡之前就知道安迪睦並沒有死？」

我說：「朋友，你們正在浪費寶貴的時間。你們已經有太好的故事，為什麼不快回報館寫篇報導？你們也知道對本案的很多原則，我是無權告訴你的。只有問桂律師才可以。目前我告訴你們，我在為本案工作，已經超出我職權範圍。你們要新聞，我不是給了你們一個大新聞嗎？」

他們交換眼神，互相點頭。攝影師照了一張我坐在柯白莎辦公桌邊緣上的照片。又照了張白莎和我「商洽」的照。最後還照了張白莎和我握手的照。

他們分別和我們握手，離去。

「你這騙人的雜種，」白莎說：「這樣騙他們，他們以後會在報上剝掉我們皮的。」

「為了什麼？」

「為了這些騙人的故事。」

「等著瞧，不要怕。」我告訴她。

第十二章　競選捐獻金

晚報出來的時候，我的故事就成了頭條新聞。晚上的柑橘林之聲刊出了柑橘林發言人勞貝力的聲言。

勞貝力含糊地否認一位「不負責任洛杉磯偵探」中傷性對柑橘林當局之指責。他說柑橘林議員或官員絕對沒有對這件事插手或阻礙柑橘林的發展。

他承認，非正式的有人討論過土地使用計劃應該全盤來次大調整，但尚未開始進行。

發言人稱，所有議會人員皆沒有收到任何賄賂，也不會去收任何賄賂。他自己說自己是政治家，為他政治生涯著想，他會和其他官員一樣共同為柑橘林居民服務。

他說，由於他是政客，他可以接受競選捐獻。他也曾接受過一位聶缺土市民的競選捐獻。他說捐獻數目是兩千元。他瞭解這筆錢是毫無目的，只是捐獻。假如聶缺土本人對這件土地使用調整有興趣，他完全不知道，而且為表示清白，下次這件事投票時，他會投反對票以明心跡。

報紙主編在文後特地加上一段，說到發言人所說曾提供兩千元作為勞貝力競選捐獻的聶缺土，也就是最近轟動狄科爾謀殺案中證人身分的聶缺土。由於這件謀殺案在發展中，所以聶缺土目前無法訪問。

聖安納的報紙刊登一家大的東部廠商擬於東部設廠，正在找尋合宜的設廠地址。設廠原先曾選定柑橘林，據云最近消息已改於聖安納覓地云云。

高黛麗打電話給我。她生氣得連話也說不清楚。「你怎麼可以這樣對我。」她說：「你這個騙人精，你——」

「不要這樣，」我說：「我告訴過你機密的事不要說。也告訴過你對我案子有利時，我會充分利用你告訴我的一切。」

「你也許說過，但是你告訴我的方法並沒有——」

「黛麗，」我說：「你想一想，上次我見你的時候，你已經付了他們一萬五千元，他們還在壓迫你再付一萬元。你再也沒有聽到他們向你要錢，是嗎？」

「沒有。」她承認。

「你不會再聽到有人向你要錢了。」我告訴她：「坐穩了不要動。不要自己做傻事。到銀行去，把全部地產交給他們處理，你做你的藝術家，多畫點不穿衣服的。」

我把電話掛斷。

另一個電話進來。聲音裝得過份客氣。

「賴先生？」

「是的。」

「我是柑橘林商會的主席，我叫葛武滿。」

「葛先生，你好。」

「很好，謝謝你，賴先生。我讀到了不少報上不同的有關柑橘林發展的報導。據說這些消息都是從你那裡來的。」

「沒有錯。」

「我想請問一下你有真的消息來源嗎？」

「有。」

「能告訴我是什麼來源嗎？」

「不能。」

「為什麼？」

「沒有給記者的消息，我當然也不能給你。」我說：「但是，我可以給你一個消息：你們柑橘林之聲的晚報，有位勞貝力的發言人自己承認聶缺土給了他競選捐獻。你為什麼不和聶缺土談談這競選捐獻呢？你為什麼不問問其他官員有沒有也接受他的競選捐獻呢？」

「聶缺土，目前不可能見到。」

「為什麼？」我說：「你是代表商會的。誰敢告訴你聶缺土不准見？你總不能眼看一個每年要發出兩千萬元薪水的大廠，因為你們官員當中有的人對土地用途更改想收點小費，而工廠換地改到聖安納去吧。你也不會讓這些政壇小丑為了他們自己弄點競選捐獻，把每年兩千萬終究都會進入商人口袋的錢，硬推出去吧？」

他清了喉嚨：「這正是我想和你討論的，賴先生。我要知道得多一點。」

「那你找錯人了。」我說：「你們地方檢察官有個競選辦事處，你們警長也有個競選辦事處。什麼人敢對你說聶缺土目前不能接見？你假如坐在那裡咬指甲，人家大工廠自然只好到聖安納去建廠了。」

對方又清了下喉嚨：「請問每年兩千萬發薪水，這個估計，你從哪裡聽來的，賴先生？」

「算也算得出來。」我把電話掛斷。

我走出辦公室，我要去找那位早年被狄科爾開除之後，跑去對狄太太說，安迪睦是狄科爾故意送去自殺出差的那位女秘書。

她並不難找。

她的名字叫閔海倫。相當好看。金髮碧眼，稍嫌過重，但對打字機還是一流手法。

她目前在一家公司上班，老闆不准部下在上班的時候嗑牙，所以她也不願在上班的時候嗑牙。

我只得約好她晚上請她用飯。

我回到辦公室上班。

「你有封電報。」卜愛茜告訴我。

是桂律師巴納來電，電文簡單：「好極。可繼續。」

一位柑橘林之聲的記者來電，希望對我專訪。

「對謀殺案我不可置評。」我說：「你必須去找桂律師——」

他的聲音相當激動。「管他什麼謀殺案，」他說：「我來找你是為了那工廠。」

我問：「你有沒有和你們商會主席說過工廠的問題？」

「我有沒有和他談！」他高一點聲音說：「他和我們談了。」

「你們有沒有訪問聶缺土？」我問。

「老兄，幫幫忙，」他說：「告訴我，這件事和聶缺土到底有些什麼關係？」

「我只是問你，你們有沒有訪問一下聶缺土？」

「沒有。」他簡短地說。

「我建議你們去訪問一下。」

「我們知道，」他說：「有些事在醞釀。也可能會爆發出來，另外有一位代表級的也承認自聶缺土手中接收了兩千元競選捐獻。他堅決表示這和土地使用改變無關。他說他自己要親自調查這件事。假如這筆捐獻有任何一點點意思是要他贊成土地使用改變的，將來投票的時候，他會投反對票。」

「你們柑橘林的政治制度真是健全！」我說。

「這是不是諷刺？」

「是不是諷刺！」我說：「你說什麼呀？那些人接受了競選捐獻。他們也聲明了不知道這些錢和懸著未能表決的土地用途變更有沒有關係。」

「等一等，」記者說：「你認為這樣將來會不會造成反效果的不公平。」

「什麼不公平？」

「大家都表示清白，沒有受拜託，一律投反對票，最後影響了地方經濟發展和繁榮的機會。」

「這要看他胸襟和眼光來決定了。」我說：「為了個人利益或是為了怕自己受嫌而影響地方選民的利益都是不對的。至於貴地方的事，我實在無可置評。」

我把電話掛斷。

我等候了十分鐘，打電話給柑橘林商會主席葛武滿。

我說：「我知道另外一位議員也接受了聶缺土兩千元錢的競選捐獻。」

他的聲音變成十分小心。「是的，」他說：「是事實。」

「你見到聶缺土了？」我問。

「我曾經告訴過你，聶缺土目前不能接見。」

「你就老讓他們這樣騙住你？」我問：「他為什麼要分送競選捐獻？」

他澀澀地說：「老百姓給議員捐獻兩千元作競選捐獻也嫌多了一點。」

「正確，」我說：「你不妨問問聶缺土，他還向什麼人做了捐獻了。我想你也會急於想知道，四千元是不是他全部送出去的數目。」

「賴先生，我要請教一下，你為什麼對這事那麼有興趣？」

「為了我們國家，」我說：「我的興趣是為了我們國家。不過今天打電話給你另有作用。我希望柑橘林所有做生意的人不會把他們選出來的主席看扁了。就因為聶缺土是件普通刑案的證人，他就可以躲在地檢處的裙子底下，不給大家見面，直到事情平靜下來。要知道事情平下來時，你們柑橘林千年難逢的機會也過去了。」

「地檢處的地方檢察官說你的興趣只是這件謀殺案。」

「他說的也是事實。」

「那你的目的是讓聶缺土信用受損？名譽掃地？」

「我只是要找出實情。」我說。

「他說他不願代你火中取栗。」

「他意思，還是代表不讓你見到聶缺土。」

「他是這個意思。」

「假如這件案子鬧上法庭，聶缺土也可以因為謀殺案未結案而不出面說明嗎？陪審團要請他也不出來嗎？」

「我沒有問地方檢察官這一點。」

「葛先生，我請教一下，你自己生意是做哪一行的？」

「我做鐵器生意，開了一家工具店。」

「在聖安納有產業嗎？」

「不多。」

「有沒有空著未用的土地？」

「嗯——我……我有一些可收租的小土地在聖安納。」

「原來如此。」我說。

「這什麼意思？」

「我只是問問。我覺得你應該避點嫌。我假如現在是你，我就覺得很尷尬。柑橘林得到了這個工廠，別人不會認為是你的功勞。假如聖安納得到了這個工廠，每人都會說因為你有土地在那裡所以出賣了柑橘林。你真是左右為難。」

他趕快說：「東部唯一可能到西部來設廠的汽車公司，已否認他們會到這一帶來設廠了。」

我說：「記得英國政府曾明確否認會放棄黃金本位嗎？」

他想了一下。

我說：「假如沒有一個大公司想建個大廠，怎麼會至少有兩個以上的人受到兩千元的競選捐獻？」

「這是，」他有點答不上來：「令我擔心的事了。」

「當然這是你應當擔心的，」我告訴他：「讓我再問你一件別的事。你去向聶缺土詢問競選捐獻，會不會影響他對狄科爾謀殺案的證詞？」

「我看不出有什麼影響的理由。」

「我也覺得不可能。」我說：「那麼，地方檢察官為什麼要阻止你見他呢？我必須掛電話做別的事了，葛先生。我還有一個約好的飯局。再見了。」

第十三章　秘書海倫

閔海倫為了晚上的飯局已經打扮得整整齊齊了。她選穿的衣服真是很有眼光。美容院也已經去過。全身有巴黎來的時裝模特兒味道。

我們飲了三杯雞尾酒。點菜的時候她一度說著要注意熱量，但不久就和餐單、侍者和我的建議妥協。她要了個龍蝦冷盅、鱷梨沙拉、蕃茄奶油濃湯，小的柳條牛排，烤洋芋及一大塊檸檬派。

我送她回她公寓，她拿出一瓶薄荷酒。她把燈光調暗一點，據說是辦公室一天下來眼睛已經很疲倦了。

她把兩條腿文雅地交叉著。一雙腿很美，在燈光暗淡的客廳中，有如二十餘歲。很有「克拉斯」。今天早上我在她辦公室也見過她，那時她筋疲力盡地在和打字機拚命，看來有三十五歲左右，真是判若二人。

「你想要知道什麼來著？」她問。

我說：「你曾經為狄科爾做過事？」

「是的。」

「什麼職位？」

「私人秘書。」

「替他做事怎麼樣？」

「好極了！」

「紳士？」

「太好了！」

「有沒有個人的關係？」

「當然沒有，」她酸溜溜地說：「都只有工作上的關係。他要不堅持紳士態度，我還是會堅持做個淑女的。」

「他的工作內容，你知道不少？」

「是的。」

「他做人誠實嗎？」

「他絕對，審慎的誠實。替他做事還很不錯。」

「你為什麼不幹了？」

「完全是私人原因。」

「說說看。」

「我辭職了。」

「為什麼？」

「辦公室的氣氛不同了。」

「哪裡不同？」

「很難形容。我對辦公室裡其他女孩不怎樣喜歡。我又哪裡都找得到事做。我何必留在不喜歡的地方？所以我辭職了。」

「有什麼不如意事嗎？」

「當然沒有，狄先生給了我一封極好的推介信，你有興趣我可以拿出來給你看。」

「我有興趣看一下。」

她走進臥室，過不多久帶來一封印有狄氏企業公司信紙信封的信件。真是一封太好的推介函。信內推介閔海倫是一位跟了他好多年的能幹秘書。她因故自己要辭職。對於她的離去，公司感到很遺憾等等。

「但是，」我說：「你離開不久就去找狄太太說話，是嗎？」

「我？去找狄太太？」她懷疑地問道。

「你。去找狄太太。」

「當然沒有！」她說：「我只在辦公室見過狄太太一兩次。我只和她交換些客套，知道她是什麼人，其他沒有接觸。」

「你辭職之後沒有和她談過話？」

「街上見到也許會說聲早，但連這個我都認為沒有過。」

「你有沒有打個電話給她，問她什麼地方可以見到她，你有點事要告訴她？」

「絕對沒有。」

「那好，」我說：「假如我請你為這一點做一個書面證人，你肯嗎？」

「我為什麼要找這麻煩？」

「如此我可以向我僱主回報，同時阻止一個流傳中的謠言。」

「但是我不認為有理由白紙黑字寫證詞。」

「你說的是實話，是嗎？」

「當然實話，為什麼我要騙人？」

「那證明一下又何妨？」

她靜默了幾秒鐘。突然問道：「你怎麼會知道的？」

「知道什麼？」

「知道我去找狄太太。」

「別傻了，」我說：「你沒有去找她。你還要給我張證明，證明你沒有去找她。」

「好了，」她發蠻地說：「我有去找她！我告訴她一些她應該知道的事。」

「狄科爾有什麼不對勁的地方？」

「都不對勁！」她說：「我給他做了那麼多事。我把一生最好的歲月給了他。我很忠心。我全部精神都貢獻給他。我替他張開眼看住……可以說閉住眼不看……我對他狡猾的手段現在想都不想回憶。而後他把一個賤女人弄進來了。假如她能工作還說得過去。打字機鍵都弄不清楚位置。站出來也不像個人樣。只是個把他玩弄在手裡的臭女人，她——」

「你就大鬧了一場？」我問。

「我沒有鬧。」她說：「我只是告訴他，假如他要養個情婦，最好找個金屋去藏嬌，不要放在辦公室影響生意。我也告訴他，要我做秘書頭，我就要像個頭。我絕對不要讓這種自以為臉蛋身材不錯，滿腦袋漿糊的女人指揮我。」

「所以他開除你了？」

她開始哭了。

「他開除你了？」我又問。

「他開除我了，這個該死的！」她一面哭泣，一面說。

「那才是真話，」我告訴她：「所以，你去看狄太太。你對她說什麼？」

「我告訴她發生的一切事情。狄科爾送了安迪睦和另外一個人去亞馬遜流域。他知道這是合法的謀殺，他就是要把這兩個人弄走。」

「這件事，你是什麼時候知道的？」

「在和狄太太說起之前。」

「之前多少時間？」

「不太久之前。」

「怎麼會呢？」

「因為……因為之前我不會讓自己想他的動機。」

「他是怎麼想起送人到亞馬遜去的？」

「有別的人已經去過那一帶附近了。他們真正是做了有價值的探測。終於他們被殺了。狄先生知道他們死了。」

「怎麼知道的？」

「這是別家油公司的探測隊。狄先生從他們那兒得到了詳細情報。」

「怎麼得到的？」

「信件消息。」

「信在哪裡？」

「檔案裡，我相信。」

「你離開的時候沒有把它拿到手裡？」

「沒有。倒真希望能拿出來放到。」

「有沒有影印一份留下來？」

「也沒有。」

「沒有辦法證明你知道的事？」

「我看過這些信。他為這件事問別人的信都是我打的。」

「你離開的時候狄先生有沒有給你什麼和解條件。」我問：「有沒有給你一點財產？」

「為什麼要給？」

「有沒有給？」

「沒有。」

「你靠薪水過活？」

「我是一個工作女郎。」

我再仔細看看她。六年之前，她一定是個好貨。現在還是漂亮女郎。那時大概二十九歲，現在是三十五歲。她打字是第一流的。

我說：「這件事要鬧出來，就太不幸了。」

「哪一方面？」

我說：「老闆不會喜歡自己秘書鬧情緒，跑到太太那裡告狀的。」

她想了想。

我看看我的錶。

「天哪！海倫。」我說：「我得要快一點了。我是在辦狄家這件案子，還有許多事要辦。謝謝你今晚能陪我吃飯。」

「謝謝你，今天晚飯太好了，唐諾。」她說。

她伴我到門口，我輕輕禮貌式向她吻別。她腦子裡在想東西，完全有事佔領著注意力，對我的草率告別無暇顧及。

第十四章　土地用途改變

柑橘林的巴卻如市長，五十餘歲，大下巴，厚嘴唇，冷冷的灰眼，說話很快，有如機關槍開火。

哈古柏，短短肥肥，不愛開口。他看看我轉過頭去。又看看我，又轉過頭去。

柯白莎給我們負責介紹，兩個男人和我握手。巴市長負責發言。

「很不幸的宣傳，非常不幸！謠言是從這個辦公室發源的。賴先生，我不知道你們消息從何而來，不過我也毫不關心你們的消息來源。我關心的是你們污辱了柑橘林的市政府，好像他們把土地用途改變的事擱置在那裡睡覺，影響了地方的發展。」

他停了一下，深深吸口氣，繼續機關槍似的吐出子彈：「我不喜歡這樣。這不是正當的作戰方式。假如你對柑橘林有什麼冤情，柑橘林對不起你，你可以到市政府來告訴我。我現在根本不知道你為的是什麼。我只知道你和狄家案子有牽連。我現在不想要控告你——還不到時候，但是我知道，你這樣做絕對和狄家案子脫不了關係。」

「你說我得到的消息是假的？」我問。

「當然是假的。」

「勞貝力的競選捐獻怎麼回事？」我問。

「這確是一件不幸的事。我和勞先生是好朋友。我瞭解他，也崇拜他。他是非常正直的人。他有原則。我敢用身家擔保，他不是近來外傳那種人。這件事我很不高興。」

「我想勞貝力也很不高興。」我說。

「沒錯。」

「因為他工作有信譽，他是有權接受民眾競選捐獻的。」

「那為什麼拚命要提這件事？」

「他辭職了，是嗎？」

「他辭職了。」

「為什麼？」

「因為，我告訴你過，他是最正直的人，他不容批評。」

「其他的人呢？」

「什麼其他人？」

「其他收到兩千元捐獻的人。」

「你知道還有什麼其他人嗎？」

「我知道有一個已經自己承認收到兩千元捐獻了。」

「那又有什麼錯呢？」

「沒有呀。」

「那為什麼提起呢？」

「我沒有呀。」

「是你問的問題。」

「我只是讓我自己對這情況不要忘記。」

哈古柏移動一下坐姿，抬頭看著我說：「你要知道，說不定你現在這樣做是有罪的，賴。」

「哪一方面？」

「很多方面。」

「舉幾個例看。」

「沒有必要。」

「那舉一個例看看。」

「我只是告訴你一下。」

「沒錯，你告訴我了，現在證明給我看。」

巴市長說：「我們今天不是來作戰的。」

「那是來做什麼的呢？」

「我們來請求貴公司合作。」

「哪一方面？」

「你已經和記者說了不少話。」

「有反對的嗎？」

「我們認為有一部份向記者的談話，未負責任。」

「你不會希望聖安納從柑橘林把一個大工廠搶過去吧？」

「當然不希望。而且告訴你們也搶不走。」

「打個賭。」

「我不喜歡賭博，不過我是個生意人。」

「你是個政治家？」

「我已經從政。」

「你也希望在政界發展？」

「也許。」

我說：「這個工廠想到柑橘林來。地點也選定了。他希望市政府能給與合理合作。我當然目前不知道報紙會怎樣寫。我知道有一位記者心裡有個懷疑。」

「什麼？」

「一位有政治利益，又在柑橘林有不少土地的政客，想請工廠換個地點，故意延誤土地用途改變，迫使工廠改向他去交易，使自己土地賣出去。」

「這完全荒唐，荒唐透頂。這是污衊。這是胡說。」哈古柏說。

「我只是把一位記者個人的想法說給你聽。」我說。

「假如你告訴我是誰，看我打扁他鼻子。」

「為什麼？」我問。

「因為這完全無稽。」

「那你為什麼要打扁他鼻子，和你又有什麼『稽』？」

哈古柏不開口。

巴市長說：「哈先生的意思，發表這樣一篇含沙射影的文章在報紙上，會引起很多不良後果，甚而影響他自己。」

「你說哈先生在柑橘林有不少土地？」

「我對柑橘林的發展潛力一向看好。」哈古柏假慇勤地說：「我一連幾年房地產生意做得不錯。使我對那地區更有信心。我個人為柑橘林繁榮所做的犧牲也很大。」

「要有這種精神。」我說。

「這倒是真的。」市長說。

「好了，」白莎說：「你們這樣會談到什麼時候去。你們到底想要什麼？」

「聶先生是狄科爾謀殺案的一個證人。」巴市長說。

我不說話。

「哈先生也是。」巴市長繼續。

我不開口。

「而你對狄科爾謀殺案興趣濃厚。」巴市長說。

「我們在辦這件案。」我告訴他。

「安迪睦不可能有機會脫罪。一丁點機會也不會有。這件案子就那麼簡單。」

「毫無疑問，這是地方檢察官的想法。」我說：「但是，安迪睦的律師——

桂先生，他的想法正好相反。」

「這是一件使當地群情激憤的案子。」巴市長說：「將來開庭的時候，你會看到居民的看法的。陪審團裡會有不少陪審員，也許是附近居民。地方檢察官會破例請求死刑的宣告，我認為安迪睦除了走進煤氣室外，沒有別的選擇。」

我什麼也不說。

「我們今天來，」巴市長繼續：「是準備合作來的。據我看來，這些流言背後真正的動機，是想把大家的注意力從狄科爾這件案子移開，同時使大家對那位證人的信譽大打折扣。我看起來這種戰略是對的，戰術可能用錯了。你和我們合作，可能會有真正的進展，一味搗蛋不會有結果的。」

「如何合作法？」

「地方檢察官是個講理的人。再說我和他私交極好。我想我可以修正他對這件事的看法。」

「如何修正法？」

「假如安迪睦自己認罪了。地方檢察官會認為安迪睦的行為節省了地方很多人力物力，他可能不必請庭上硬判死刑。事實上，檢察官可能建議判他個終身監禁。我雖然不便現在說明。我也不代表地方檢察官，我只是說明可能性。」

「原來如此。」

「再說安迪睦不必承認預謀殺人，他可以承認臨時忍不住或失手致死。」

我說：「我認為桂大律師對這種交易不會太感興趣的。桂律師認為安迪睦是完全無辜的。」

「是一個完全自騙騙人的想法。完全沒有顧到冷酷的事實和證據。」

「我對這案子的事實還不太清楚，」我說：「我們才開始在辦這件案子。」

「當你對這事實弄清楚後，」巴市長說：「你可以找到我。我沒事都在柑橘林的辦公室裡。任何對安迪睦有益處的事，我都會努力以赴的。」

「我還是認為你最好快把土地改變用途的事辦好。」

「你什麼意思。」

「假如有五個議員，每個人接受了兩千元的捐獻，就太明顯了。無怪有人要注意了。」

我不讓他開口，又接下去說：「我自己，也有個推理。我認為好幾個有權的人，每人收到了兩千元的競選捐獻，不過目的不是為贊成土地更改用途。相反的，是為了故意使本案延擱，這樣那家大工廠只好向聶缺土另外一位有土地的朋友去購地了。」

「這些人的名字我現在還不能給你。我想明天這個時候一切就大大明白了。」

「你在為這件事工作？」巴市長問。

「我當然在為這件事工作。」

「有人請你工作？」

「當然不會是吃了飯沒有事做。」

「你會給自己招來麻煩，你知道嗎？」

「當然，我知道。但是墊背的人可多啦。我還想查查勞先生有沒有把那兩千元錢報在所得稅單子上。」

「捐獻款項不必報所得稅的。」巴市長說。

我向他笑笑。

「至少我認為不必報的。」

我繼續向他笑著。

哈先生說：「我們要說的都說了，市長兄。我們也提供了合作計劃。地方檢察官也是我朋友。我也願意出力，只是不喜歡熱臉去貼別人冷屁股。別人也當遷就點。」

市長點點頭。「好吧，」他說：「我們只是來大家認識一下。我想你會同意我們的處境，只能幫你到這樣的忙了。」

「我想你們也會同意我們立場的。」我告訴他。

「我們再聯絡。」他說。兩人走出辦公室，沒有握手。辦公室門關閉後，白莎的眼像她手上鑽戒一樣發光。

「唐諾，」她說：「你小子想幹什麼？你凌辱了這兩個人。你直接的在指控他們『玩鬼』。」

「你有這種感覺嗎？」我問。

「事實如此。」

「那麼他們一定也會聽得出來。」

「你真的自己知道在說些什麼嗎？」

「當然，聶缺土從一位叫高黛麗的那裡弄了一萬五千元錢。她希望土地用途更改，因為她有塊土地要賣給一個公司建工廠。

「聶缺土知道這件事。哈古柏知道這件事。哈古柏有些土地想出賣給工廠。他希望高黛麗能離開這件事。

「所以哈古柏決定賄賂議員坐著不動，不要改變土地用途。哈先生個性不願意先拿出錢來，以免偷雞不著蝕把米。所以他和聶缺土想出了一個太好的計劃。

他們勸服高黛麗拿出錢來，送給議員們。高黛麗認為是可以快快使土地使用改變，事實上，聶缺土告訴議員的是儘可能延擱。

「有一天，柑橘林的居民知道了這樣大的工廠，本來要建在當地，只為了幾個腐敗的政客在玩花樣。那就有得許多好戲可以看——」

白莎插嘴說：「我只希望你小子知道自己在做什麼。」

「我也是，」我告訴她：「公共輿論是一件大事，只要一旦被引發起來。」

「我看你引發得不錯。他們說整個柑橘林都可以見到三五成群，什麼都不管——只在討論謀殺案和大工廠。」

下午三點半，柑橘林市議會召開臨時特別會議，討論土地變更使用。高黛麗的土地被表決改為工廠用地。

下午的柑橘林之聲大大的讚揚了當地有先見的官員。說是過去幾週他們一直默默努力地方繁榮的第一步，已收到初步效果。

聶缺土仍被檢方保護，任何人都見不到。

高黛麗在我不在的時候，打了兩次電話來。她留了話給卜愛茜。卜愛茜把它速記下來，我回來時可以轉告我。大致意思是高黛麗小姐一定要見我，她真正感激，無法用言語來表達，一定要見面才行。

我沒有理會這件事。

第十五章　加油站的時間因素

替律師服務的私家偵探，逢到謀殺案快開庭前，最重要的工作是對陪審團每個陪審員背景的調查。這件案子決定快開庭前，白莎和我忙著把陪審備用名簿上每個人的背景詳查，因為十二個人的陪審團是要從名簿中這些人裡挑出來的。

白莎工作對象是上年紀一點的男人、女人。我負責年輕點的。

法律有規定，不容許任何人和這些人討論本案的內容。當然跟蹤他們任何一個人而被發現，也是不太妥當的。做出任何事情以致影響他們對本案將來判斷能力的，自然更是不可以。

但是，法律沒有禁止你和他的朋友、鄰居嗑嗑牙，聊聊天。找出點他以前有沒有當過陪審團的一員，是什麼案子，最後怎麼決定的。

這都是花時間無聊的跑腿工作。最後我們收集了不少正確的簡短札記。

桂巴納律師仔細研究這些札記，又把它摘成記錄。把記錄又變成暗號。可能挑為陪審員的名字第三個字下面有一橫的，表示他是個真實、公正，但接受事實，不受成見影響的人。在上面有一橫的表示公正過了頭，可能會矯枉過正，對被告不利。上下都有橫，表示此人固執、心窄、豬腦袋。打個方塊的表示拖久了會馬馬虎虎決定……等等。

跑腿休息的時候，我還要查對案中的事實。

開庭的前一天高黛麗給了我一個電話。

「唐諾，叫你來看我，為什麼不肯來？」

「我白天黑夜的在忙。」

「你總要吃飯吧？」

「我不吃飯，我吞兩口就好了。」

「我可以看著你吞呀。我有事要告訴你。」

「什麼事？」

「有關你在進行的案子。」

「是什麼？」

「哈先生來看過我。」

「他竟來看你！」

「嗯哼，好幾次。」

「他要幹什麼？」

她銀鈴地笑道：「我想告訴你，但是電話裡不方便。」

「老實說，黛麗。目前我沒有時間和你——」

「我要說的事和這件案子一個證人有關。」

「我要見你。」

「什麼時候？」

「今晚如何？」

「一起晚飯？」

「我看晚飯之後。」我說：「我已經有了一個飯局，九點鐘行不行？」

「可以，我等你，你來好了。」

我把陪審員最後幾個的資料整理好。走去看高黛麗的時候已經差五分鐘九點了。

她開門，故意把身體向前傾，開得很低的領子，把上身曲線都顯了出來。她很高興領帶我進入客廳，窄裙開叉開得很高，充分展露了美麗的大腿。

我們一起喝咖啡，又喝點酒。她說：「唐諾，哈先生想要替我管理財產。」

「他真周到！」我說。

「你跟我說過，應該找一個銀行——」

「等一下，」我說：「你真那麼瘋要把財產交給哈古柏來管理？」

「他正在組織一個信用投資公司。」

「哈古柏真是——非常非常好！」

她說：「他是非常友善。他恨你。」

「我不在乎。」我告訴她。

「他認為我也在恨你。」她說。

「他認為？」

「嗯哼，我告訴他你再也不會來看我了。他很想從我這裡探一些你的消息出來。」

「然後呢？」

「他告訴我些事，他說是沒有別人知道的。」

「什麼事？」

「一個叫萬尚模的牧場主人，」她說：「你記得狄科爾被殺的晚上？」

「嗯哼。」

「你知道狄太太九時正的時候在加油站，而謀殺的槍彈也是九時正發的。但是萬尚模在九點差七分鐘的時候也到那個加油站想加點油，可是加油站已經打烊了。他認為加油站的主人要不是打烊早了，就是錶太快了。」

「也可能萬先生的錶慢了。」我說。

「萬先生不認為如此。我只是要告訴你而已。」

「謝謝你。」

「有用嗎？」她說。

「並沒有哈先生希望你能告訴我那麼重要。」

「為什麼？」

「這，」我說：「我還沒弄清楚，無論如何我要調查一下。那工廠有找你再談判嗎？」

「噢，合約都已經簽好了，而且——有件事你知道嗎，唐諾？你是對的。這根本不是什麼紀念品工廠。最後簽約時，他們才告訴我是一個東部專做滾動承軸的工廠。他們東西都是大的重東西，所以希望西部也能出貨，要個工廠。」

「嗯哼。」

「你有沒有興奮？」

「你呢？」

「這下我大大賺錢了。」

「賺錢不是很好嗎？」

「老實說，唐諾，我不喜歡。我只希望回到畫畫的世界裡去。我雖然是個二流畫手，但對我來說是創造，是生命！」

她說起畫畫才真的興奮了，她繼續說：「我喜歡在藝術界遇到的朋友，我可以和他們討論光線、感情——這一類的東西——而他們不但知道我說的東西，而且能說點對我有用的事情。

「這幾天整天在合約、保證、金錢這種無聊的事上忙。唐諾，你能不能為我開一個投資公司？」

「不行。」

「為什麼？」

「因為那樣我就要替你工作。」

「有什麼不好嗎？」

「有的，這就變了受狗皮帶的控制。那一套我不行。我現在這樣滿不錯的。」

「我就怕你會這樣說。」她慢慢地想著。「古柏倒不會這樣想。」最後她終於說了出來。

「他當然不會！」

「你認為他真的為我組織一個投資公司的話，我可不可以把財產委託給他的公司？他還可以保證我每個月的收入。」

我說：「我唯一給你的建議是把財產交給一個可靠銀行的信託部。讓他們幫你投資。如此你得到的少一點，但絕對可靠。把你的地產和需要人管理的產業全部結束。把你的財產變成可靠的政府公債。你只管去畫畫。也許可以去歐洲學藝術。做些你認為有價值的事。」

「是的，我想你是對的。」她說。

「結過婚嗎？」我問她。

「是的，在雷諾第一次認識你的晚上，就告訴過你。」

「婚姻結果怎麼樣？」我問道。

她用手指跟著長沙發的線條劃著：「破裂離婚了。」

「為什麼破裂？」

「我不喜歡別人認為我是他的。大男人的沙文主義，認為太太是屬於丈夫的，我就不喜歡。」

「預備再結婚嗎？」我問。

「是求婚嗎？」她問我。

「不是，只是個問題。」

「倒也不一定。我想首先要看有沒有合宜的人。有的時候我還是會覺得感情很衝動，又像愛上了人似的。」

我說：「你現在身價很高，會有不少人動腦筋的。你到底有多少財產？」

「關你屁事？」

「這就對了。保持這種態度就沒錯。」

「哪種態度？」

「你有多少錢，不干別人的屁事。假如你要我的建議，把錢放在可靠的地方，自己去紐約過兩百元一個月的生活。下定決心，不論什麼事情發生，絕不超過兩百元。」

「你不會相信，我也一直希望能像你說的生活。」

「再想想，不會錯的。」我告訴她：「現在我要走了，我真的很忙。」

「我再也見不到你了？」她噘起嘴來說。

「我自己也看不到自己，」我告訴她：「除了每天早上對著鏡子刮鬍子之外。」

「這件案子結束後，我能見你嗎，唐諾？」

「我也不知道。」

她大笑道：「你真比我還糟。你不要被別人擁有。你不要任何人放一根細線來牽你一下。」

「你也許是對的，」我告訴她：「但是目前我要走了。明天有得一整天忙呢。」

我打了好多次呵欠，吻別了她，終於離開了她公寓，打電話給桂律師。

桂律師的聲音匆忙又緊張。我想告訴他新找到的線索，但沒有機會。

「噢，唐諾。」他說：「今天下午我一直在找你。你多快能趕到我這裡來？」

「馬上可以。白莎和我一直在外面找陪審員的資料。」

「知道。我找你們兩個都找不到。把白莎帶來。」

「那麼嚴重？」我問道。

「壞極了。」他說。

我說：「我有一點小事，有關案子另一方的事。他們在查加油站的時間因素。」

「什麼加油站？喔，我知道了。目前這個是小問題了。過來吧。」

「找白莎可能要兜掉點時間。」我說。

「找不到白莎可以叫她自己來。這裡事要緊，有點撐不住了。」

第十六章　故事真相

柯白莎被我電話吵醒時，又呻吟，又嘆息，喉頭發出咕嚕咕嚕的聲音，嘴裡不斷的咒罵著，但是我開車到她公寓時，她已經準備妥當。我們兩個急急來到聖安納。

桂律師自己一個人鎖在辦公室裡。眼眶下有黑圈。房裡都是菸味，菸灰缸裡裝滿了吸了一半的菸尾。他神情非常不寧。

白莎大步走進辦公室，把自己拋在一張沙發上。開口說道：「看你快把自己整垮了。」

「是這件案子要把我整垮了。」他說：「我已請狄麗芍快到這裡來。她一會兒就會到了。假如你們不在意請稍坐一下抽支菸。免得同一件事說上好幾次。」

「很嚴重嗎？」我問。

「很難過。」他說著把手中才抽到一半的香菸壓進已滿的菸灰缸。

「我也有點消息增加你的難過程度。」我告訴他。

「好吧！你先說，要來的反正要來，躲是沒有用的——」

辦公室門敲出聲音來。

桂律師走過去，把門打開，狄太太說：「晚安，巴納。」

「進來，麗芍。」他告訴她：「我抱歉把你們晚上請過來，情況非常不好。」

「為什麼情況會不好？」她問。

「先坐下。」桂律師說。

她在一張椅子坐下。

桂律師面對著她。「你告訴我一個偉大的故事。」他說：「你說安迪睦一進房子就有心電感應，知道你不在房子裡，知道你已經離開，又想到狄科爾想謀殺他。你說狄科爾一走進另一間房，安迪睦就想到狄要用槍打死他，然後另外放一支槍在他身邊，裝成自衛殺人。」

「這是事實。」她說。

「這是事實嗎？」他問：「有可能這是你認為應該講的故事，你講給安迪睦聽，要迪睦也如此講。」

她臉色不變：「我講的是實話。」

「不是，這不是實話。」桂律師說：「這是安迪睦第一、第二次給我講的故事，但是現在我們不能講故事了。他會坐到證人席去，到時那聰明的地方檢察官會一項項詰問他。」

狄麗芍說：「安迪睦是誠實的人。他說的故事是實在發生的事實。」

「實在發生的事實，我老天！」桂律師冒火地說：「安迪睦趕到柑橘林去，目的是面對狄科爾攤牌。他有意思要殺掉科爾。他帶了槍去。科爾才是有靈感的人，科爾看一眼迪睦的臉色，把他帶到樓上小房間，自己找藉口到隔壁房間去。那是間臥室。你在臥室裡！」

「我在裡面？」她問。

桂律師點點頭。「你的故事有一點是事實。迪睦在叢林生活了很久。他離開文明社會太久，他必須保持敏感，因為生死常繫於一髮之間。

「你，是在那臥室裡。臥室門一開，女用的香水味進入迪睦的鼻子。科爾又把門關上。然後和你低聲說話。

「突然，迪睦瞭解——你已經變成科爾的太太了。心情突然發生變化。一切都改變了，太遲了。他把本來握在手裡的手槍，拋出窗外，落入了濃密灌木叢做成的籬笆裡。他想吐，又覺到自己受不了要昏倒了。他衝出房門，跑下樓梯，進入黑夜的空間裡。」

桂律師把話停下，二腳分開站著，面對著她。他的指控，等於一拳打在她心窩上。

她沒有哭。她等著，很鎮靜地看著他，但好像突然身體變小了點。

最後她說：「我告訴過他，絕對不能這樣對別人說。」

桂律師說：「安迪睦說謊本領十分差，只要稍用點心思他更差。他不喜歡爭執。我本來也相信他，但是明天本案要開庭了。可能我們必須要讓他坐到證人席，去讓地方檢察官來詰問。所以今天早上我們預習了一次，由我做地方檢察官來詰問他，看他能否受得住。」

全室緊張地一點聲音也沒有。

「我現在知道了。」桂律師苦澀地下著結論，把頭轉開。

「我真抱歉。」狄麗芍說。眼睛是乾的，聲音很鎮靜。

「你應該抱歉。」桂律師甩她一句。

「你是不是在臥室裡？」我問狄麗芍。

「不在。」她很快地回答，但並未加強話氣。

「這種否認並不高明，」桂說：「你是絕對免不了會被叫上證人席的。加點感情進去。」

「不在裡面！」她叫道。

「這還像話。」桂說。

我說：「你的不在場時間證人是一個姓魏的加油站老闆。他九點鐘打烊的時候，你在加油。是嗎？」

她說：「這時間證人很有力。」

我說：「地檢處找到一位叫萬尚模的牧場主人，他當天九點不到七分，開車經過那加油站想加油，但是加油站已經打烊了。」

她用舌頭潤濕一下嘴唇：「他的錶一定慢了。」

巴納說：「老天，賴！這個證人是絕對鐵硬的。姓魏的在地檢處作證，他們也用各種方法想打破他證詞。姓萬的才真是弄錯了。」

我還是看著狄麗芍。「是她在和我們玩花樣。」我告訴桂律師。

桂律師轉頭向她。「麗芍，明天就要開庭了。你千萬不可以對我們說謊。也說謊不起，會全軍覆沒的。這裡的人都是你朋友。我們這些人在爭取你一生中想要的東西。現在這情況下，你再要對我們說謊，就和自殺差不多了。請你告訴我們事實。」

「我已把事實告訴你們了。」她說。

桂律師把頭轉過來，看著我說：「你怎麼說，唐諾？」

「我想她在說謊。」

白莎說：「唐諾，你不能──」

「為什麼我不能？」我插嘴道：「巴納，把遺囑認證法第二百五十八條唸給她聽聽。」

「哪一條，你說。」

「第二百五十八條。」我說

狄麗芍看著我：「你是律師？」

「他本來是，」白莎說：「他法學院畢業。這小子聰明得緊。你要是在說謊，寶貝，最好快點講老實話。」

桂律師忙著翻遺囑法。

「找到了。」

「是的。」他說。

「唸給她聽太囉唆。我來告訴她大意吧──

「簡單的說，不論遺囑是怎麼規定的，把立遺囑人謀殺或傷害致死的罪犯，不能獲得遺產中一分一毫錢。」

桂律師看看狄太太，又看看我。他臉色雪白。「老天！」他說。

「快說吧！」我告訴狄麗芍：「我們要實情。」

她眼睛平視著我。「你是替我工作的人。」她說：「你沒有權利說我在說謊。」

「當然有權！我替你工作，要為你利益努力。在一切尚未太晚之前，要救你一把。」

她說：「槍聲響的時候，我不在房子裡。」

「你在哪裡？」

「去聖地牙哥路上。」

「我們再想想，在哪裡？」我說。

「好，」她說：「我把事實告訴你。我真的是在去聖地牙哥的公路上，但是我沒有辦法證明。開加油站的魏先生，是弄錯了。他以為他九點鐘把加油站打烊。實際上那天他沒有上發條。錶在七點鐘就停了。他打開收音機聽時間。有個節目七點十五分結束，他以為是七點三十分結束。他把錶撥成快十五分鐘了。他作證之後才發現出了這個錯誤。作證的時候他死咬活咬時間是絕對正確的。

他作證他才對過電台的時間不到兩小時。每個人都以為他是照電台報時對的時間。事實上不是的，他是照一個節目結束對的時。他對節目結束時間估錯了十五分鐘。」

「後來他自己知道了？」我問。

「是的。作證之後知道了。但是魏布施對我有信心。我告訴他並沒有什麼差別，因為我真的在去聖地牙哥路上，他相信了我。所以他就沒有再說話。」

「魏布施現在在那裡。」我問。

「那個時候他是加油站老闆，現在他是這地區的汽油分配商。」

桂大律師看看我。

我說：「他們有了那個姓萬的牧場主人。萬尚模會咬定加油站在九點差七分──他見到時──已經打烊了。」

狄麗芍說：「假如他們不斷的挖，魏太太會出面證實魏先生是弄錯了。他九點五分到家。假如他九點打烊不可能到得了。她也知道他打烊早了。她沒說話，但是作證後，她就發現了。她問他時間是怎樣定的。他告訴她節目的事。是她發現他錯誤在哪裡，她知道節目是七點十五分完。」

桂律師看看我，兩手外伸，手心向上，頭向後一仰。

柯白莎說：「他奶奶的。」

「好，」我告訴桂律師：「我們就從這裡開始。第一件要做的事，是在地方檢察官之前，先找到那把槍。記住一點：地方檢察官才是眾矢之的。是他要起訴控告安迪睦一級謀殺罪。他當然不希望不受理。即使他能證明魏先生把加油站打烊早了。並不表示他證明了狄太太謀殺親夫。這一點目前一定在困纏著他。他想得睡也睡不下去。

「我們應該趁這個機會，趕去把那把迪睦抛出窗外的槍找出來。只是不知道還在不在那裡。」

「但是還有一點，」桂巴納說：「安迪睦萬一必要上證人席的時候，他不得不說實話。他不會說謊話。現在我知道了實際情形，我不能把他放到證人席去，我要盡一切能力打不必他自己站到證人席上做說明的官司。老天！」

我說：「你不一定要把他放到證人席去。」

「我們要是不敢把他放到證人席去，檢察官會向我們挑戰，他會問我們既然他是無辜的，為什麼不敢到證人席去讓他詰問。這對我們官司大大不利。」巴納說。

「不。」我說：「我們想辦法叫地方檢察官自投我們陷阱。」

「怎麼做？」

「我們給他一個證人。」

「怎麼說？」

「閔海倫。」

「她是什麼人？」

「她是狄科爾結婚之前就用的秘書，被開除後，走來向狄太太說狄科爾壞話。她是第一個告訴狄太太，科爾故意把迪睦拿去送死。是她使狄麗芍想到殺死自己丈夫。」

狄麗芍坐著一動不動，臉色不變有如戴了面具。「你在想幹什麼？」她問：「把我送進煤氣室？」

「我們試著叫地方檢察官跨腿騎在有刺鐵絲網的籬笆上。」我說：「一隻腳在籬笆裡面，一隻腳又在籬笆外面。」

「對這個檢察官不行，賴。」桂律師說：「他太聰明了。」

「那麼你打算怎樣對付他？」

桂律師對這個問題沒有答案。

我轉向麗芍說：「我們只有一件事要做。我們不敢用手電筒。我們也不敢白天去找，否則有人會告訴地方檢察官。你的房子鄰接的土地是哈古柏的，所以我們只能過了午夜去。我們要去你的家裡。我們從後門偷偷溜到房子外面。我們要趴在地上，用手去摸樹叢籬笆裡每一吋地。」

「假如我們找到那把槍，又怎麼辦？」桂巴納問。

「我們留到。」我說。

「那是證物，」桂律師指出道：「私藏證物是罪行。會違反職業道德。他們會吊銷我律師執照的。」

我向他微笑：「你不必在現場，巴納。明天早上千萬記住問我一下有沒有在樹叢中找到一把槍。走吧，白莎，我們走。狄太太，我們兩小時後去你家見面。把後門為我們開著。你給我們多準備點咖啡。」

第十七章　拋在花園裡的手槍

夜很黑，濃霧自海洋漂進來，空氣中濕度很高。

白莎和我，用手和膝蓋趴在濕泥有雜草的地上，在矮矮的樹叢籬笆邊緣，把手掘下去，挖著每一吋土地。

「你為什麼叫麗芍待在房子裡面？」她問。

「第一個原因，她靠不住。」我說：「此外，她負責望風。」

「我這套衣服反正完蛋了。一雙絲襪，兩根指甲，也要記她帳上。」柯白莎說。

「不算什麼。」我說：「你的職業經歷說不定要完蛋。」

「我們為什麼要做這件事？」

「是給我們客戶的一項服務。」

「你加入我公司之前，我可從來沒有幹過這種事情。」白莎說：「都是你加入，來和我合夥之後，我們才老碰到這種倒楣事。」

「你以前也沒有真正見過鈔票。」我告訴她：「把嘴閉上，快點工作。不要只摸表面。把手插深一點。那東西在這裡好多年了，一定埋得不淺了。」

「怎麼會沒有被別人發現？」她問。

「沒有人認真找過呀。花匠只在上面澆水。下面都是雜草，誰也不會去整理。花匠剪下來的樹枝，還往上面堆呢。又作肥料，又不必運走。說不定拋下來第二天就埋起來了。」

白莎發出一連串她獨有的詛咒話。

「又怎麼啦？」

「我把衣服撕破了，臉也刮到了。唐諾，為什麼不用手電筒？」

「我們不能讓人家知道我們在幹什麼。」我說：「警方也許有人巡邏這一帶。哈古柏又住在隔鄰。」

白莎嘴中咕嚕著，人趴著慢慢移動。她詛咒這，埋怨那。我突然摸到了東西。

「等一下，白莎！」我說：「有東西了，不是石頭就是……是，沒錯，是把槍！」

「謝天謝地，」白莎說：「也該是時候了！」她把自己勉強站起來：「我都不知道這樣我怎能回公寓去。看門的會以為我那麼晚去偷雞去了。」

「告訴他不要小看你了。」我說：「告訴他，你犯的是刑事案，偷雞弄不好只判個行為不檢。」

「不必。」

「進去，」白莎說：「我們去告訴麗芍。我們還要給桂律師一個電話。」

「不必什麼？」

「我們告訴麗芍，我們摸遍了所有地方，沒找到東西。」我告訴她：「對巴納也這樣說。」

「有的時候，」白莎真心地說：「我真希望從來沒有見過你。」

第十八章　年輕的地方檢察官

安迪睦告訴桂巴納律師的故事中，有一件事不相符。那支手槍已鏽得非常厲害。假如不先處理裡面的鐵鏽，根本沒有辦法把圓筒打開來。把槍管裡的泥巴清除後，我用個電筒向裡面照著看，除了看到鐵鏽外，對著槍管的子彈已被發射。手電的光線很清楚可以看到空的彈殼。其他五顆子彈都有彈頭。

真是越來越糟。

案子依規定時間進行，我們閒著無事地看他們雙方自陪審員名簿挑置好合乎雙方要求的人，組成陪審團。

桂巴納有他們的資料。他讓我們坐在法庭裡，以便他隨時發問。他今天像被人拖進煤氣室的犯人一樣。他小心地抑制自己使自己不問起槍的事。

中午休息的時候，我把他帶到沒有記者在附近的地方。給他攤牌道：「這件事可以看得出一個人沒有成熟或是個男子漢。你是被控謀殺嫌犯的律師。謀殺罪的處分是死刑。陪審員在觀察地方檢察官。陪審員也在觀察你。你看起來像個在替罪犯求情的倒楣律師。這對你和你的客戶都是不利的。把胸挺起來，進去好好打一仗。不要躲躲藏藏的打。要有信心，臉露微笑，替一個無罪的被告爭取人權。」

「叫我表演我差了一點。」桂說。

「那你最好快一點學習一下。」我告訴他。

下午在法庭裡，他表演得稍有進步。

使用我們給他的資料，桂律師對每個陪審員背景都很清楚。唯一可能的危險是雙方你選我挑到最後名單上人不合選太多了，沒有人用了。法官會另外指定一張特別名單。於是桂律師會面對一批一點資料也沒有的人名。

歐牟文——地方檢察官，是一位高個子，很帥氣，有深而鬈的黑髮、寬肩、蜂腰、很正義感的年輕人。

歐牟文沒有結婚，是本市最看好的單身漢之一。他喜歡陪審團中有年輕女郎，以便給她們好印象。他也喜歡年老，白髮，媽媽型的陪審員。他不喜歡滿手蜂蜜的稼穡人。

善感的年輕女人看到他有如看到白馬王子。她們會仔細聽他的辯論，做有罪的裁決，走出法庭的時候還在說：「看他多王荳腐。」（校註：wonderful）年老媽媽型的看著他會想他多像「吉美」，假如「吉美」沒有夭折的話，長大了就是這個樣子。「吉美」從小就想做個律師。

滿手蜂蜜的加州稼穡人——不喜歡男人的頭髮梳得過份整齊，也不喜歡含情的眼睛靈活地亂動——會對被告有利。

桂巴納挑選陪審團的原則是儘量減少年輕的女人參加進來。歐牟文恨不能來一個清一色女性陪審團。

我瞭解了這個情況，把桂巴納拖到一旁。

「巴納，」我說：「不要爭了，就聽他的。」

「你什麼意思？」

「讓他選女人去做陪審員。」

「老天，不可以。」桂律師反對說：「他已經弄了太多女人進來了。女人喜歡他。他的聲音很厚，有共鳴性。他辯論時每次眼睛看向陪審團的方向，女人都向他暗暗點頭。他穿上訂作的衣服，每天換一套新燙的。這傢伙生來有錢，做工作是玩票的。他要的是奉承和影響力。他目標是州議員、檢察長和州長。」

「不管怎麼樣，」我說：「就照他的方法玩。讓他拉女性進陪審團。」

桂律師嘆氣地說：「反正什麼人在陪審團裡沒多大關係。我們的人怎麼也逃不了有罪。」

「我看你需要的——」我告訴他：「是兩大杯老酒，好好睡一夜。去吧，去照我的方法打仗。這個案子不是使你成功，就會使你失敗。」

「我看我是栽下去了。」他愁眉苦臉地說：「這是確定的。」

「照我的辦法做就還有救。」我告訴他。

我陪著他直到下午五點鐘法庭休會。我讓白莎開她自己車回家。我打電話給高黛麗約她吃晚飯。

我們一起用雞尾酒，晚飯，然後到她公寓去喝點飯後酒。她沒有坐在長沙發上。她坐在椅子上。她有點保守。

「你和你的男朋友進展得如何了？」我問。

「什麼意思——我的男朋友？」

「那銀行家。」

「喔，哈古柏。」她說：「唐諾，我覺得你有點吃醋了。」

她淘氣地看著我。

「也許有一點。」我承認。

「古柏人不壞。他有過一丁點兒時間曾引起我的興趣。」她笑著說：「我不知什麼人會使你有興趣。你是我所見最置身事外的男人。我告訴你件事，古柏非常聰明。」

「我不是置身事外，」我告訴她：「我在辦案，而且擔心。」

「為什麼？」

「老實說，」我說：「有一個證人，我真怕地方檢察官會發現。一個能證明動機的證人。」

她把睫毛下垂，停在香菸的火上，沒有看我地問道：「是什麼人？」

「一個叫閔海倫的女人。」我說：「一個前任秘書。她最早替狄科爾工作。狄科爾開除了她。有件事大家不知道，但她去找狄太太，告訴狄太太說狄科爾是壞蛋，說是狄科爾把安迪睦送去巴西叢林自殺，目的是破壞安迪睦和麗芍的友情。」

「我懂這會使狄太太有什麼感覺。」黛麗說。

我沒有接嘴。高黛麗把事情想了一下。「唐諾，」她說：「我想你是對的，我應該把財產變成可靠的公債，每月用極少的錢，做我的藝術工作。」

「要小心這些公債交給什麼人保管。」我說。

她把嘴唇閉起。「我看人性格不太會錯的。」她說：「再說，要是我看錯，要是有人想欺騙我，唐諾，我是非常無情的，絕對非常無情的。」

「大部份女人都這樣，」我告訴她：「但是很少肯承認。」

「我不但承認，而且我引以為榮。唐諾，你千萬不要想欺騙我。」

「我不敢。」我說。

「我是隻野貓。」她說。

她起身再想倒點烈酒。她穿了件薄薄的白衣服。酒瓶已經空了。她另外有一瓶在廚房裡。她開廚房門去拿。

廚房裡有強烈光線，站在門口的她，被光線透過薄紗般的寬衣服，曲線玲瓏。一腳跨進廚房，她想到什麼事，轉身說：「要不要換點甜的薄荷酒，唐諾？或是白蘭地？」

我用了點時間思考她的建議。「兩樣都有？」我問。

「是的。」她稍稍移動了一下位置。

她背後的光線真是使我受惠。

「薄荷酒好了。」我說：「但只能一小杯，黛麗，我一定得走了。我在辦一件傷腦筋的案子。」

「去你的這鬼案子。」她不樂地說。

「但是，這案子結束後，」我說：「我一定常來看你。」

「到那時候，」她生氣地說：「你不見得見得到我了。」

她走進廚房，拿了薄荷酒出來。離開廚房時把廚房燈生氣地關了起來。

我們一起喝了酒，和她吻別，我回自己公寓。

第二天早上八點鐘，我電話鈴響。拿起電話，我說：「哈囉。」

電話上傳來的聲音幾乎是歇斯底里的。

「賴先生？」

「是的。」

「這是海倫，閔海倫。」

「喔，是的，海倫。有什麼事？」

「我被送達了一張傳票。這裡來了一位官員。說是奧蘭基郡地方檢察官要找我談話。」

「那個人還在你那裡嗎？」我問。

「是的。」

「什麼地方？」

「另外一間房裡。我告訴他我要去洗手間換衣服。我怎麼辦？」

「你還能怎麼辦？」我問。

她想了想，承認道：「是沒有什麼好辦法。」

「你可以找一個律師，」我說：「但這會影響人家對你的看法。好像你真有什麼不可告人的事似的。你也可以拒絕說話，但是這會把注意力全集中到你身上去了。我想你唯一能做的事，是說老實話。」

「噢，賴先生。唐諾，我希望我能先和你談談。」

「這樣不好。」我告訴她：「再說我現在馬上要去聖安納。他們挑選陪審團成員開始之前，我一定要到那裡。我建議你，最好的辦法就是說實話。」

「我不能呀！我就是說不得實話。」

「假如你宣了誓說謊話被捉住的話，」我說：「就太糟了，我有一點可以告訴你。」

「什麼？」

「歐牟文——奧蘭基郡的地方檢察官，是位高、黑、英俊、非常好看的單身漢。你要不知道這件事，你白活了。」

她聲音提高了一度。「你這樣認為呀，唐諾？」

「我見過他。」我說：「你有特殊的氣質從漂亮的身體發射出來，我們暫時叫它人格、性感、衣服架子、姿態——」

「噢，唐諾。」

「不要和低三下四的人談話。咬定你的故事只能向地方檢察官講，其他任何人來騙你都不開口。你要『單獨』和他談，懂了嗎？」

她的聲音變成有活力多了：「唐諾，你真好，謝謝你。」

「再見。」我告訴她。

第十九章　好戲開鑼

上午十一點鐘，好戲終於開鑼。

羅法官說：「代表民眾的一方，有最後決定權。」

歐牟文站起來，用腰部彎曲鞠了一躬，向庭上笑笑，用熱情的眼神看向陪審團：「檢方對目前挑選出來的陪審團非常滿意。民眾決定不再更換。」

羅法官看向桂律師。

桂律師把椅子轉半個圈，看向我。

我給他一個快速的無問題信號。

桂律師站起來。做了一個無力、疲乏的笑容說：「庭上，本案被告完全同意，而且相信各位陪審員會給被告公平的判斷的。」

羅法官稍稍皺了一下眉說：「很好。陪審團現在宣誓陪審本案。陪審員名簿上有名，沒有挑選上的，現在可以回去。陪審團宣誓完畢後，法庭休庭十分鐘，再開庭的時候就請地方檢察官做提證據前的陳述。」

法庭裡旋起不少的活動。記者們紛紛搶出門去打電話回報。謀殺案的陪審團已被雙方接受。他們當然還要把陪審員的名字一一報出去。

桂巴納走過來，站在我身旁。初陣的喧囂減輕後，他說：「馬上要攤牌了。從他開場陳述裡我們會知道糟到什麼程度的。」

「也許，」我說：「不過假如他有特殊驚奇的王牌的話，他不會在這時露風聲的。」

「我情況還好嗎？」桂問。

「好一點了。記住，陪審團是會不停地看律師的。」我說：「律師每一個小動作，都表現出他在想什麼。陪審員不是從你一件動作中知道你心思，而是你一千個小動作合在一起給他的印象。你靠向椅背，你看看鐘，你把手理理頭髮，你發言時站起的樣子，你拿鉛筆的姿態。你記摘要的速度，每一件動作都重要。

「你自己沒有信心，就不會說服陪審團。這是你一生最重要的開始，是件大案。是你的機會。好好表現一下。」

桂有氣無力地說：「這是歐牟文的大案子。也是他的大機會。這是他做首席的墊腳石。是他在文雅，有禮地笑。這混蛋！唐諾，給他弄了八個女人進了陪審團。」

「又怎麼樣呢？」我說：「他生氣的時候怎麼樣，不知會不會吹鬍子瞪眼？」

「我不知道。」桂說。

「這樣做辯護律師太危險了。」我告訴他：「試試看，他生氣的時候，會怎麼樣。」

桂無力地笑了笑：「賴，我通常絕不會如此沒有鬥志的。但是，這件案子越深入，越使我缺乏信心。告訴我，你找到那支槍嗎？」

我和他對視著。「沒有。」我說。

「你沒找到？」他的臉高興起來。

「老天，沒有就是沒有！」我告訴他：「你是被告律師。我一定要告訴你老實話。不要忘了，我們是替你做事的。」

「你沒有隱瞞什麼證據？」

「一點也沒有。」

他好像長高了一點。「為什麼不早告訴我？」

「你沒有問我呀。」

「我就是怕問你。我認為——安先生真的自己說把槍拋進窗下籬笆樹叢裡去了。」

我說：「我都懷疑他到底有沒有手槍。你說我怎麼想？」

「怎麼想？」

「我在想這笨蛋可憐蟲，一直以為狄麗芍殺死了她丈夫。他還可能想把這件事攬到自己頭上來。」

桂律師想了想，說道：「那才是真正大混蛋了。」

我看到法官室的門打開。我用大拇指一指。「去吧，」我說：「去叫那地方檢察官發脾氣。」

羅法官宣佈開庭。歐牟文用不快不慢，不高不低，一副在大學中演話劇的味道，做他的提證前陳述。

這是一篇有準備漂亮的陳述。他說他準備證明，被告安迪睦和未亡人狄麗芍本來就有私下之婚約。他要證明，麗芍終於嫁給了死者狄科爾，而被告安迪睦輸不起這件事，想要破壞家庭，不理會狄科爾是他僱主，不理會狄科爾如此相信他，叫他出任機密任務。安迪睦是叢草中的毒蛇，等著，候著——

桂巴納站起來阻止他。桂說他不願打擾地方檢察官，因為這根本不是辯論的時候。這不過是一個提證前的陳述。提證前的陳述，檢察官的目的是告訴大家他以下提出的證人證物，準備證實什麼事實——可不是演什麼話劇。等著，候著——等什麼等？候什麼候？更不是檢察官向陪審團表現「滿有性格」的時候。

羅法官生氣了。歐牟文生氣了。羅法官指責桂律師提抗議意見時的態度惡劣。羅法官也指責地方檢察官提證前陳述超出範圍。羅法官准許了被告律師的抗議。

歐牟文生氣的時候樣子不好看。他失去了部份灑脫的信心。表露出部份內心中奸邪，揶揄的人格。從這一次打擊後，我看他也不是個好鬥士。壓力重時他不會面對，也不敢出擊。他會在外圍兜圈子，搞小名堂。

歐牟文繼續他的陳述。他說他準備證明，安迪睦從那次探測回來——去探測是安迪睦自願加入的，是為了兩萬元獎金加入的。他可以證明安迪睦一到機場，立即打電話。電話是打給狄科爾住宅的。電話登記是叫人電話，通話對象是狄太太麗芍，而且特別註明不要和狄太太以外任何人講話。狄太太不在就銷號。

歐牟文繼續說，他準備證明安迪睦是去了狄家。對被告非常驚訝的是——來開門的竟是狄科爾。狄科爾把被告請上二樓。不到幾分鐘，狄科爾就死了，而狄麗芍就成了富孀。從此之後，被告就不見了。他把自己藏得很好。行動都在暗處。不做任何違法的事，不使任何人知道他還沒有死。在這一段隱秘逃亡生活中，他和狄太太私下不斷有幽會。

最後警方漸漸查出了事實，佈置了一個聰明的圈套，終於把兩個有罪的人一起捉住。

狄麗芍，那位有錢的寡婦，在她丈夫屍骨未寒之前，就不斷去和謀殺她丈夫的兇手見面。

而安迪睦，本案的被告，對僱用他的僱主，對給他錢、給他機會去探測的狄科爾，報答的恰是點三八手槍子彈一顆，而且是從腦後射入的。

全場肅靜中，歐牟文坐下來。陪審團中一二位女陪審員用不屑的眼光看著坐在被告席的安迪睦。

法官宣佈中午休庭時間到了。

「他不是你對手，」我告訴桂律師：「他受不了直接打擊。而且影響他的美觀。下午玩粗一點。不要忘記駁他那些對僱主不忠的陳述。下午一開始開庭，你就用自己的權利，好好做個被告的提證前陳述。告訴陪審團狄科爾故意把安迪睦送去做自殺性的探測。他用兩萬元作餌，但是殘忍到連兩萬元都不是預付。兩萬元是要回得來才付。兩萬元是要完成『不可能完成的任務』，才會付給。」

「但是被告律師，」桂說：「在準備提出證人證物之前，不應該先做陳述的。這會提醒對方很多事，對我們不利的。」

「不錯，但是這件案子你可能什麼證人、證物都提不出來。」我警告他：「目前，你不敢把被告放到證人席去。仔細想想，你也不敢把狄麗芍放到證人席上去。一旦你放她上去，檢察官就有權詰問她。所以你倒不如趁現在，先告訴他們你想證明什麼。一件一件先說說不犯法。歐牟文說到僱員對僱主忠心的問題。你就說僱主如何欺騙僱用的人。告訴他們，狄科爾冷血地坐在辦公室，為了部下有個好看的未婚妻，把部下遣出去送死，以便自己來追這個女人。」

「庭上會指責我的。」桂說。

「庭上也指責過歐牟文的陳述。」我告訴他：「你們兩個就平分秋色。去吧！」

這一點，在下午開庭時，桂律師做得不錯。歐牟文發脾氣了。他站起來，揮著手，打斷桂的話。

故事老老實實從桂律師口中說出。有的女陪審員用同情的目光在看安迪睦。有的看看狄麗芍，研究她石膏面具似的臉。

我寫了張字條，告訴桂律師要提一下：看看這位女士，她心靈受傷的程度，早已使她知道用眼淚來減輕感情壓力是沒有用的。看看這位女士，她失去喜怒哀樂的權利已經好幾年了。這些年來，她只有傷心度日，哪能傷風敗俗。

桂律師看到大家重視他的陳述，漸漸加多信心。別人也覺得這個律師不狡猾，腳踏實地在為被告努力。

當檢方開始提證的時候，歐檢察官在陳述時給大家的感覺已大部份不存在了。陪審員已發生興趣，產生好奇了。他們不斷看律師、證人、被告及狄麗芍。

法庭裡，她應該是個最受注目的新聞人物。東部石油王國的有錢主人。隱居的神秘富孀。現在有人指控她和一個逃犯常有私會。

每個陪審員坐得好好的，準備看完「全本好戲」。

歐檢察官把初步必須的證人一一請出來，詢問的也是簡單必要前奏：死亡的原因，一位官員介紹現場平面圖，一位攝影師介紹照片，一位驗屍官證明他曾替死者解剖，死者死於點三八口徑手槍子彈，子彈自後腦進入，差一點自前額透出。

屍體解剖時取出的子彈，呈庭作為檢方證物。自子彈入口沒有見到火藥及灼傷，估計是死者背著向兇手時，兇手的槍距離幾呎之外發射的。

歐牟文把這一切慢慢、順利地進行。而後看看掛在庭裡的大鐘，突然戲劇化地說：「請閔海倫作證。」

海倫把自己好好地打扮了一下。除了稍稍發福一點點外，她是漂亮寶貝，她自己也知道。從她走上證人席的一剎那，任何人可以看得清楚事情有點反常。到底她的美麗有沒有使檢察官閣下拜倒石榴裙下，不得而知。但是檢察官的瀟灑早已把她變成了心服口服，隨心所欲了。

她像一隻有訓練的狗，牽在狗鏈上，表演主人要她表演的任何動作。她用低的喉音講她的故事，也是檢察官要她講的故事。

她作證她為狄先生工作好幾年。最後決定辭職，因為工作太忙了一點，她也希望換換環境，事實上還是因為辦公室裡有令她不快的事實發生，她又不願去打擾狄先生使他擔憂。她有能力，找工作很容易，所以決定離開。狄先生對她離開十分關心。他曾設法想知道她要離開的原因，答應代她解決一切困難，只要她肯留下。海倫不願說出理由來，因為辦公室裡她處不好的女人，有一個生病的母親需要扶養，而且也不能失去這個職位。那女人不是個好秘書，不容易找到其他工作，而海倫本身非常能幹，出去找工作大家都會搶著要。

她有一封狄先生的推介信，對失去她非常惋惜，尤其是對她是主動離職的寫得十分清楚。並給予極高推崇。

在她尚在狄先生公司上班時，她聽別人告訴她，被告安迪睦被人送到巴西叢林裡辦一件自殺性的探測。她不幸相信了這件事，而且後來曾照樣告知了狄太太。

「你告訴狄太太後，狄太太怎麼說？」歐牟文問。

桂律師的自信心已完全回來了。他站起來大吼。他向庭上控訴地方檢察官處置不當。他反對這個問題。他建議整個這位證人的證詞，應予刪除。任何閔海倫和狄麗芍私人之間的事，不能用來作證據對付被告，地方檢察官假如學過法律應該知道的。明明是個陰險的詭計，用來使陪審團先入為主發生偏見。這是造成偏見的處置不當。桂律師要求陪審團忘記這一段胡扯。桂律師要求庭上通知陪審團忽視這一段說詞，又要求庭上應該儆戒地方檢察官。

羅法官對這件事的看法很重視。他把地方檢察官叫到前面來。「這件事，檢方到底是什麼作用？」他問，「你怎麼會想到這位證人和狄太太的私人談話內容，可以拿出來影響被告的？」

「我們想證實，狄太太把聽到的故事轉告了被告。」

「你有辦法做到這一點？」

「想當然。」歐牟文說。

羅法官的臉色變了。他說：「你有沒有第一人稱的證人證明這個『想當然』。檢察官先生？」

歐牟文模稜地說：「報告庭上，我認為有的事本身可以說明一切。我認為我們的陪審員也應該用點腦子——」

「我問你的是個直接問題。」羅法官打斷他的話：「你有沒有第一手的人、明確的證據，證明這個『想當然』？也就是說，狄太太把這件事告訴今天的被告，安迪睦先生了。我想用不到我提醒你，法庭上沒有希望如此，想當然如此。法庭上要用法律規定。」

歐牟文把手指插進襯衣領子，沿著領子移動著。「我不想事先洩露我們的案子太多證據。」他說：「假如庭上能擔當一下這件事，我絕對保證我會把這件事聯接起來。」

「怎麼聯法？」羅法官簡短地問。

「用環境證據及被告自己的承認。」歐牟文說。

羅法官說：「法官的責任，就是控制審判庭提出證據的程序。我認為這位證人的證詞，除非能和被告聯起來，證明和被告有關，否則實在造成大家偏見太深。對陪審團來說，你造成了陪審團的偏見，被告已經受到了損害。在你再要問這位證人任何問題之前，我希望你先把你準備將來把這兩件事聯起來的證據拿出來。告訴我，你準備用什麼方法，把這位證人的證詞，和在下面的被告聯在一起？」

「請庭上原諒，我對現在在證人席的證人，還沒有發問完畢。」

「在法庭的立場看來，對這位證人，你已經發問完畢了。在你能聯起來之前，不可以再發問了。」羅法官說：「法官控制提證的程序，而且應該以被告的法定權益為優先。本席認為光憑檢察官先生一句話，以後可以聯起來尚不足為信，希望有更有力的保證，那就是先把它聯起來，再問。」

「好吧，」歐牟文說：「請允許我暫時換下這位證人，提出另一位人證。」

「換上來的人證，是不是來聯起這兩件事的？」

「是的，庭上。」

「很好，」羅法官說：「現在我們整理一下法庭的記錄，以免以後對現在發生的事有所誤會。被告律師提議應該把這位證人的證詞從記錄上全部刪除。另一提議是要本席告知陪審團忘記這位證人的證詞。最後一個提議是要本席數說地方檢察官處置不當而造成陪審員發生偏見。本席把決議延遲到聽完下一位證人證詞之後，再宣佈。

「閔小姐，你暫時可以自願的離開證人席，但是不要離開這個房間。你的證詞還沒有結論。辯方律師還沒有詰問你。你只是暫時離席，使地方檢察官可以叫下一個證人。

「地方檢察官先生，現在你可以傳喚你要把剛才的證詞和被告聯起來的證人了。」

「很好，庭上。」歐牟文可憐地說：「請史約翰。」

史先生看起來打扮一新。他穿了新鞋，新買的成衣、新領帶和新理的髮。他看起來穿得不太舒服。

史先生原來是郡監獄裡在服刑的一個犯人。他因為持有大麻菸而被判有罪。目前在服他六個月的刑期。他很會討好官員，所以成為模範囚犯，曾故意放在安迪睦同一牢房裡。而且和安迪睦親自說過話。

「你們兩個說些什麼？」歐牟文問。

史先生在證人席上移動了一下位置，把腿架在一起，新皮鞋反射出燈光。

「那是有一次，」他說：「安迪睦的律師，才來看過安迪睦之後。安迪睦回進房來。他的律師給他很不好受。」

「等一下，等一下。」羅法官打斷他的話：「我們不要你說你的感想或推斷。只要你作證他說什麼？」

「是的，」歐先生順勢地說：「他說了些什麼？安迪睦有沒有說他的律師給他很不好受？」

「這些正是一字不錯，他說的話。」史先生說：「安迪睦告訴我，他的律師給他很不好受。」

「說了這句話後，他又說了什麼？」

「他說他被律師唬住了。他說他去看狄先生時是帶了一把『噴子』的。他說他把『噴子』從窗子裡向外拋了出去，拋進了灌木叢——是做籬笆沿了房子的灌木叢。」

「他還說了什麼？」歐牟文問。

「他說，他不應該把這些事告訴他律師的。他說他好像把律師的骨頭自臭皮囊中抽掉了。」

陪審團中的人把眼光都轉到了桂巴納身上。桂很愉快地把頭向後一仰無聲地笑著。

「還有什麼？」歐問。

「說狄太太曾告訴他，有個被解僱的秘書，曾告訴狄太太有關狄先生把他送到——」

「等一下，這個『他』，你是指被告安迪睦？」

「是的。安迪睦說這個秘書曾告訴狄太太，有關狄先生故意把他送到亞馬遜去，使他不擋在路當中，而且知道他會回不來的。」

「他還說過什麼嗎？」

「大概就如此了。這些話他對我都說過二三遍以上。他問我我的意見，他有沒有做錯——告訴律師手槍這件事。」

「請你詰問。」歐牟文對桂律師說。

「他告訴你，他曾把一支槍拋出窗外？」桂鄙視地問。

「沒有錯。」

「他說這是他的槍？」

「是的，先生。他這麼說的。」

「他去拜訪狄先生的時候，自己帶在身邊的？」

「是的，先生。」

「他有沒有說，為什麼他要把槍拋到窗外去？」

「有，他說他的胃，有點不舒服。」

「什麼事使他的胃不舒服？他說了嗎？」

「想到他愛著的女人，嫁給了狄先生這種人，使他胃不舒服。」

「好，」桂律師說，伸出一隻手指著這證人問：「他有沒有說開過這把槍？」

「沒有，先生。」

「他有沒有說，他沒有開那支槍？」

「他是這樣說過，他有說他沒有開那槍。」

「好，他有沒有告訴你，狄太太是什麼時候告訴他，有關秘書說的事？」

「沒有，先生。他沒有說。」

「但是，你有概念認為狄先生死了很久，狄太太才把這事告訴安迪睦的，是嗎？」

「我反對。」地方檢察官說：「他的概念認為怎麼樣，一點不重要。這個問題是問證人的推理。」

「反對認可。」羅法官說。

「他有沒有告訴你，在狄先生死亡之前，他沒有見到過做了狄太太的方麗芍？」

「是的，先生。他告訴過我。」

「所以，在狄先生死亡之前，她不可能告訴他這件事，是嗎？」

「反對，這個問題是辯論性的。」歐牟文說。

「反對認可。」羅法官說。

「但是他真的確定地告訴你，自從他從叢林生還後，他在狄科爾活著的時候，沒有見過狄太太，是嗎？」

「是的，他有說過。」

「你，你自己是個販賣毒品的，是嗎？」桂問。

「反對，反對。」歐說：「這不是指摘的方法。這位證人只能指摘他已確定的刑案。也就是說沒有判罪的不能指摘。」

「這個問題可能只是前奏，辯方律師一定是想從這裡開始，問另外一個問題。」羅法官說。

「那他應該先問另外那一個問題。」歐說。

「很好，我現在暫時認可你的反對。」羅法官說。

「你是一個監獄中的受刑人？」桂問。

「是的，先生。」

「你在獄中多久了？」

「四個月多一點。」

「你還有多久刑期？」

「大概十天。弄得好的話。」

「你是為什麼被送進監裡去的？」

「我持有了大麻菸。」

「你是不是自己也抽？」

「是的，先生。」

「你是不是也販賣大麻菸？」

「反對。這是沒有資格問、不相關的、不切實際的，而且不是正當的詰問。」歐說。

「反對認可。」羅法官判定。

「你有沒有和警方有什麼談話？大致說來他們可以起訴你販賣毒品，但是你只要肯為這件事出庭，他們從輕發落只算你持有毒品罪。有還是沒有？」

「這……沒有。」

「你有沒有和警方有什麼談話。大致說來，假如你肯移房和安迪睦同住。想辦法誘導他說話，只要他說的，能叫你出庭來作對檢方有利的證詞，他們會放你走路，不再告發你販賣毒品的罪行。有還是沒有？」

「沒有，先生。不是像你說的字句。」

「有還是沒有？」

桂律師輕蔑地盯著那個證人。

「這雙鞋子買了多久了？」桂問。鄙視地指向他的新鞋。

「昨天。」

「昨天？昨天從哪裡買來的？」

「皮鞋店。」

「你不是應該在牢裡嗎？你是怎麼出來的？」

「警長帶我出來的。」

「那條褲子又從哪裡得來的？」

「一家成衣店。」

「什麼時候？」

「昨天。」

「外套呢？」

「同一家店。」

「什麼時候？」

「昨天。」

「這一套衣服，什麼人付的錢？」

「警長。」

「什麼人付的鞋子錢？」

「警長。」

「頭髮什麼時候理的？」

「昨天。」

「什麼人請客？」

「警長。」

「在哪裡理的髮？」

「市區一家理髮店。」

「監獄裡有理髮店嗎？」

「我不知道。」

「你在裡面多久了？」

「四個半月。」

「四個半月中，你有理過髮，是嗎？」

「是的，先生。」

「什麼人給你理的？」

「監獄裡一個理髮的，進牢房裡來理的。」

「就在昨天，在你做了一段時間臭間諜之後，你告訴他們你弄到的故事內容。然後，監獄裡的理髮對你不合口味了，不夠好了？為了要給陪審團較好的形象，國家的官員把你帶去市區的高級理髮店，讓他們給你整理整理。是嗎？」

「是他們把我帶進城的。」

「你這條領帶看起來也是新的，是嗎？」

「是的。」

「什麼人付的錢？」

「警長。」

桂律師厭惡地把身體轉開。

「問完了。」他說。

「我也沒有問題了。」歐牟文說。

證人離開證人席。

「報告庭上，」桂說：「我重新再請求一次庭上。我建議把證人閔海倫所有的證詞，從記錄中刪除。因為，現在已經非常明顯，無論她對狄太太說了些什麼話，檢方無法證明狄太太在狄先生死亡之前，告訴被告安迪睦。我仍堅持，這件事很不幸的，是地方檢察官先生的處置不當。應該由庭上通知賢明的諸位陪審先生、女士，他們應該不去理會、應該忘記地方檢察官所講，有關這個閔海倫的話，以及閔海倫這位證人在證人席上所講的一切話。」

羅法官在法官席上向前傾。很小心地衡量自己說的每一個字：「你建議刪去閔海倫所有證詞，本庭認可。本庭指示陪審團，對剛才聽到閔海倫這位證人的證詞全部不予理會。應該認為這位證人從來沒被叫上證人席。

「本庭也認為剛才地方檢察官是有處置失當。各陪審員對地方檢察官這一段所講的話，和雙方律師這一段所講的話，都應該完全忽視，自腦中拋棄。只當這件事沒有發生過。地方檢察官對證人閔海倫的證詞，說可以和被告聯在一起的事，也要當他沒有說過。

「現在，起訴先生。請你提下一位證人。」

「我的下一位證人，假如庭上允許，」歐說：「仍將是一位再度把被告和閔海倫證詞聯起——」

「那一段證詞，已經被刪除了。」羅法官叱責道：「任何時間，只要你能先把兩件事情聯在一起了，可以申訴，請求把這段證詞回歸原位。本庭認為你這種提證方式不合常規，你實在應該先把兩件事聯在一起，然後叫閔海倫上台作證。本席認為檢方再努力於那一段被刪除的記錄，都能造成陪審員發生偏見。一切造成偏見的舉動都是處置不當。

「現在，請進行提證。」

「很好，庭上。」歐牟文不太高興地說：「請詹士帝。」

詹士帝，高瘦個子，走上證人席，宣誓。

「詹先生，你是什麼職業？」

「我是這個郡的副警長。」

「你有沒有什麼特別專長。受過訓而且有經驗的專長？」

「有的，先生。」

「是什麼？」

「彈道學。武器鑑別。」

「請你告訴我們，在這一行中你受過什麼訓練？」

「我在國內這一行最有名的幾個人手下做過研究工作。之後曾在專門這一項工作的機構做過十年事。」

「本郡的柑橘林市，你熟悉嗎？」

「是的，我熟悉。」

「有一處叫做夜鶯別墅的，也就是狄科爾的房子，你知道嗎？」

「是的，先生，我知道。」

「你認不認識，民眾證據第一號那一張地圖和上面的這一帶房地產？」

「是的，先生。」

「我問你，你有沒有在任何時間，搜查過地圖上所畫的灌木樹叢籬笆。」

「我有，是的，先生。」

「我來問你，在上個禮拜，你有沒有在那籬笆邊上，發現一把槍？」

「我有，先生。」

「那把槍在你身邊嗎？」

「是的。」

「請你出示。」

證人拿出一支槍。是一支外面都鏽了的藍鋼轉輪。

「這是什麼槍？」

「這是一枝柯特點三八口徑轉輪槍。」

「槍裡有幾顆子彈？」

「五顆子彈都有彈頭，另外有一個空彈殼在圓筒裡。」

「你有沒有從這支槍發射測試彈頭？」

「我經過相當多的困難手續，才把這支槍回復到安全可以試放的程度。我也一定要除去很多鐵鏽，才能使它試放。當然，手槍表面不影響試射的鐵鏽是我故意留的，使大家可以看到手槍被發現時的情況。」

「從你做的試驗，這把槍是不是殺死狄先生那支槍？」

「這樣說好了。這支槍槍管鏽得太厲害了。槍管上應有的特徵已不可能辨別了。我祇能作證這支轉輪是點三八柯特左輪手槍，只能用某幾種特定的子彈。自狄先生屍體內找到的彈頭，和這槍裡拿出的子彈口徑相同，有相似特徵，都是從點三八柯特轉輪發射的。」

「換句話說，」歐問：「從科學的觀點來看，沒有理由可以證明，從狄科爾腦袋中取出來的致命彈頭，不是從這把槍裡發射出來的。是嗎？」

「是的，這支槍可能曾發射過本案的致命子彈。」

「你有沒有追查過這支槍是什麼人的？」

「是的，有，先生。」

「什麼人的？」

「反對！」桂律師說：「這會是道聽塗說，這是證人的推斷，這侵犯了陪審團的範圍。」

歐牟文有點火了：「請庭上諒解，我們也可能用別的方法，讓陪審團知道這個問題的答案，但是比較浪費時間，而且要把一個證人自別的地方飛過來。」

「但是，」羅法官裁決道：「這是被控有罪人的憲法保障的一種。他有權和不利於他的證人對質，有權詰問他。我現在相信，在證人席上的證人，自己不知道這支槍屬於什麼人的。只不過，因為他是個官員，他做過調查，調查使他相信這把槍是屬於某一個人的。」

「沒有錯，庭上。」

「反對成立。」羅法官說：「我看我們已經到了下午休庭的時間了。本庭休庭到明天上午。此期間被告交由警方監禁，我勸告陪審員不可以彼此討論本案案情，也不可讓別人在你面前討論本案案情。陪審員在本案結束前，不可以對本案發表任何意見。

「本案明天上午十點鐘再開庭。」

桂巴納走出法庭時，輕輕對我說：「到我辦公室來看我。」

我跟上他腳步問：「有什麼事？」

「討論一下證據。」

「先別管！」我告訴他：「我還有事要做。不要離開電話，今晚我隨時都可能要找你。儘量多睡一些。今晚可以說出奇的重要。」

我回到白莎身邊，我們混在人潮中向外走。

「現在怎麼辦？」白莎問。

「現在，」我說：「我們去帕沙第納找我們自己的彈道專家，看看我們從土裡挖出來的，是個什麼傢伙。」

「是個點三八柯特轉輪。」白莎說。

「也許是謀殺兇槍。這表示我們兩個中有一個會被叫上證人席，去做證人了。」

「老天！」白莎說。

我們開車到帕沙第納。東部有名的一位犯罪物理學家在這裡有一個工作室。我們要他馬上為這把挖到的槍開始工作。半小時之內，他有了槍的號碼。又一個小時，我們有了答案。

這把槍是六年之前，賣給閔海倫的。

我把電話掛上，轉向白莎。「這可能，」我說：「屬於你的範圍了。由你去對付這個寶貝，叫她吐點實話出來。」

「哪個寶貝？」

「閔海倫。」

「那是隻母狗。」白莎說。

「有把握叫她開口嗎？」

「看我的，」白莎有把握地說：「看我叫她講得舌頭都翻出來。」

「走吧。」我告訴她。

第二十章　海倫的告白

我壓閔海倫公寓的門鈴。

「什麼人？」門裡美妙的聲音說。

「賴唐諾。」我說。

「等一下，唐諾。」

她等了一下，笑著說：「我正在沖涼，等我穿點衣服。」

白莎和我等了五分鐘，才見她來開門。她穿了一件薄薄，半透明，非常好看的睡袍。她把頭抬起，嫺靜地看著我說：「請你原諒我的樣子，唐諾。我才從浴室出來。我——她是什麼人？」

柯白莎大步向她客廳走進去，看來像加強鋼板的坦克，開進挖了壕溝的敵軍陣地。

「我是柯白莎。」她說：「我是個偵探。把你這些妖氣收起來，我們是有公事來的。你給我坐在我看得見的地方。」

我把門自身後踢上。

「你為什麼要打死狄科爾？」她問道。

閔海倫向後一靠。把手放在喉頭上。「你說什麼呀？」

「你知道我在說什麼。」白莎說：「你在狄科爾被殺那一天去他家看他。你帶了你自己的槍一起去的，沒有錯吧？

「你今天在證人席上看起來真好。但是你在那裡和漂亮的地方檢察官調情說愛的時候，你沒有把全部事實說出來。你沒有告訴他你曾買了一支槍吧，是不是？

「我看，讓我來告訴你這支槍的所有資料。你在聖安納一家獵具店買的槍。是一支點三八口徑柯特轉輪。你是狄先生被殺兩天前買的槍。自從狄科爾死了之後，槍就不在你身邊了。

「你看，由我來告訴地方檢察官，怎麼樣？」

閔海倫說：「你，你怎麼……為什麼……我沒有——」

「不要告訴我你沒有，」白莎對著她叫道：「你現在表現你的性感和大腿，啥用也沒有。你現在是和什麼都懂的女人在說話，不必裝什麼女人樣。你和狄科爾睡一張床。只要你是他第一號情婦，他結不結婚你不在乎。但是他把別人弄進來，把你一腳踢出去，你受不了。」

「我……我——」海倫開始哭泣。

「沒有關係，你去大哭大鬧好了。」白莎說：「這樣你以為不必看著我了？但是對你一點好處也不會有。你眼淚哭乾了，見到的還是柯白莎，不是賴唐諾。識相點，在我給你動粗之前，把眼淚的那套免掉，給我講老實話。」

「你……你要什麼？」

「狄科爾死掉那個晚上，發生了什麼事？」

「我……我不知道。」

「去你的不知道，」白莎說：「你告訴狄太太，科爾把安迪睦差到亞馬遜去送死。她當然會告訴她丈夫。她丈夫就打電話給你。這我們一猜就猜到。狄科爾死的那一晚，你在他家。安迪睦來訪時你就在樓上臥室裡。你殺死他之後以為槍不會被人發現。但是，小姐。告訴你，我們找到了你的槍。彈道專家會證明殺人子彈是你買的槍裡出來的。這支槍是你在用它之前兩天從聖安納獵具店買來的。現在要不要我打電話給警察，要不要我打電話給報館記者？還是你肯說實話，把一切告訴我們？」

白莎站著，向下看海倫。白莎很唬人。我說白莎要凶起來，真凶，也真唬人。

海倫說：「我沒有射他，柯太太，老實說，我沒有。」

「什麼人開的槍？」

「哈古柏是唯一可能做這件事的人。」

「這才像話，」白莎說：「把知道的都說出來。」

她說：「我告訴他太太。他太太告訴他我說了什麼。他很生氣。他叫我去看他。我很怕。早兩天買了支槍。

「我不知道我準備做什麼。但……我一直很喜歡科爾，我付給他的遠比他給我的為多。我真的把心都給了他。我把青春給了他。我——」

「這樣說下去能給我事實嗎？」白莎說：「我們時間不多，小姐。」

她說：「我到他家的時候，他說哈先生隨時會來。他把我帶上樓，到臥室。他對我很好。他說他太太離家出走。他……他對我很好。他擁抱我。他……碰到了那支槍。」

「之後呢？」

「他笑笑，從我身邊拿走，放進五斗櫃。

「就在這時門鈴響了。那是哈先生。他叫我等一下。他說他就回來，哈先生不會久耽的。

「我又迷糊，又不舒服，不知怎麼辦才好。不一會，門鈴又響起。那是安迪睦。我一直以為迪睦死了。聽到他聲音我嚇了一跳。科爾把安迪睦請到樓上，自己告退一下。他到臥室來，低聲告訴我，情況變得太複雜了。要我先回城，他再打電話給我。他拍拍我。吻我一下。指示我輕輕下樓，溜出去。」

「你怎麼辦？」

「我偷偷溜出門去，走到人行道上，我聽到二樓窗口傳出一聲槍聲。」

「你怎麼辦？」白莎問。

「我猶豫了一下，我開始逃跑。我跑到街角，之後我走，走，一直走到筋疲力盡，我最後搭巴士回市區。我知道……衷心知道……我知道他一定死了。」

白莎看看我。

「叫她寫下來。」我說。

我們把她帶到桌子邊，給她紙筆，她把一切寫下。

「簽個名。」我說。

她簽了名。

「寫上日期。」

她寫了日期。

柯白莎和我以證人身分簽了字。

我說：「你知不知道，你在把一個無辜的人，送進煤氣室？」

「我不知道該怎麼辦？」她說：「我自己脫身要緊。對我這比一切都重要。我有個好職位，我是個好秘書，我的職位是我辛勤得來的。我薪水不錯。只要一點點流言，我就慘了。我年紀不小了。我——」

「你胡扯什麼？」白莎說：「不要在我面前說你年紀不小了。你不過三十五，女人這年齡最好了。最叫男人動心了。為一點小錯，頭也抬不起來，叫我看了都難過。什麼叫做一生最好的時間，講多了，男人看見你像看到天花一樣的逃走。今天開始，少吃甜的東西，你現在才是一生最好時間。」

「我知道，」海倫憂愁地說：「但是我認識的男人都是結過婚的人。幾乎都有太太。」

「那就沒辦法了，」白莎殘忍地說：「但是我看你也不需要緊張。」她走到一張椅子前，撿起一個束腰，仔細看了一下，把它拋到一角說道：「照你的身材，把它綑起來真是罪過。少吃點東西，都會變好了。唐諾，我們走。」

我們離開在哭泣的閔海倫。

「還有什麼事？」柯白莎說。

「你回去睡覺，」我告訴她：「我把這東西帶去給桂律師。」

「最好能讓他高興起來。」白莎說。

「來一個說謊的客戶是一件乏味的事。尤其是所有的辯護政策都是依照他謊言來決定的時候。」我告訴她。

「我知道，」白莎說：「我在裡面表現還好嗎？夠凶吧？」

「夠凶了。」

「對她正好，」白莎說：「這女人應該在那王八蛋身上先多弄一點錢，那樣事情一出，她可以不必自己工作。」

「她怎麼知道會出事？」我說。

「嘿！」白莎說：「像狄科爾這種人，不出事才怪。你真難相信，那個金髮寶貝才三十五，自以為已經走完了！屁股上少個五磅油，就可以去選美了。三十五歲正是好時候。聽我的話，她還有救。唐諾，歸你去找桂律師。白莎自己要去來一塊大大的牛排。還好我不必擔心屁股上有多少肥油。我反正和男人斷電了。」

第廿一章　大戰檢察官

桂巴納還在辦公室踱著方步。

「我慢慢覺得我們可能有希望了，唐諾。」他說：「這批陪審的不錯。好像對我們有點同情了。」

「好，」我告訴他：「我給你點建議。明天歐牟文問完彈道專家之後。夾著那把槍是從樹叢中找到的餘威，他一定會再請庭上把閔海倫的證詞重回記錄。」

桂大笑說：「這沒有用，羅法官已經裁決把這一段刪除了，他還會——」

「等一下，」我告訴他：「當歐牟文說，由於那把槍真的在樹叢中找到了，所以他希望閔海倫證詞能重回記錄的時候，你就告訴庭上，你也覺得歐牟文的見地正確，你要收回刪除閔海倫證詞的提議。讓閔海倫證詞重回記錄。」

「你瘋了，唐諾。」他不相信地說。

「這樣，」我說：「檢方就走進你的陷阱去了。歐牟文會再放上兩個證人，聶缺土和哈古柏。哈古柏會對我們做最不利的證詞。之後地方檢察官會突然煞車，把他完全認為鐵定了的案子向你身上一堆，看你怎麼辦。

「這時候，你向庭上表示，閔海倫被庭上趕下證人席，你還沒有機會詰問她。」

「一問之下，」他說：「不等於自殺？」

「你把閔海倫重新放到證人席上來詰問。一問之下，地方檢察官就不囂張了。」

「怎麼會？」

我把簽過字的聲明向他桌上一放。

桂巴納坐下來閱讀。他沒看幾句，就從椅上坐直。眼光很快地一直看下去，直到海倫的簽名。他敬畏崇拜地看著我，站起來和我握手。他走向背後大的書架，有幾本厚書只有假的書皮，裡面是烈酒和酒杯，他拿出酒來。

「我不喝，」我說：「我要開車回去。」

桂律師拿出一只酒杯，倒了很多酒進去。

「你管你開車回去，」他說：「我突然高興起來，我今天晚上要好好睡一覺。自從接下這件狗屎案子，我一天也沒有睡舒服過。老天，歐牟文，多神氣。

我都等不及想看看，他看到這玩意兒之後的嘴臉。」

「你別太興奮，」我警告他：「也不要太有信心。那姓歐的非常聰明，而那閔海倫又對他有點著迷。」

桂律師拿起那聲明書：「管他們兩個人交情好到什麼程度，我有了這個怕什麼？」

我說：「那你最好今天早點休息，養精蓄銳，明天大戰檢察官。」

他把酒杯向我舉一下，一口把一大杯烈酒灌下肚去。一陣笑容慢慢升起。

「真他媽過癮。」他說。

第廿二章 殺人的兇槍

早上法庭的序幕，由歐牟文把一位從新奧爾良召來的證人，登上證人席而揭開。證人在新奧爾良開個槍枝店。那枝被列為檢方物證的手槍，是他賣給被告安迪睦的，時間是多年之前。他拿出有安迪睦簽字的登記簿，他也記得買槍人就是今日的被告安迪睦。

被告律師沒有詰問這個檢方證人。

「現在，我要報告庭上，」歐牟文用理所當然，不十分在意的語氣說：「我再次請求把閔海倫的證詞回進記錄裡去。」

羅法官正要開口拒絕的時候，桂律師已站了起來。

「報告庭上，我有話說。」

「你可以不必抗議。」羅法官說。

「是的，非常感激庭上。被告認為既然手槍已經沒問題牽連到被告身上。

證人閔海倫的證詞，可以說已和被告連在一起了。被告取銷刪除閔海倫證詞的提議。」

「你們要做什麼？」

「我們取銷『刪除證詞』的提議。被告認為證人閔海倫的證詞重要，不應刪除。」

「本庭不認為如此。」羅法官簡單地回答。

歐牟文趕緊抓住這機會，說道：「被告已撤回了他的抗議，撤回了刪除閔海倫證詞的提議。」

「沒有錯。」桂說。

羅法官躊躇了好一會。

「照目前情況來看，」歐牟文說：「庭上應該准許這段證詞重新回進記錄去。」

「很好，可以。」羅法官一面說，一面皺眉看著桂律師。

接著聶缺土被叫上了證人席。

聶缺土，大肚子，政治家家裡食客的味道，做證他在兇案發生那晚是個計程車司機。他指認被告是那晚八點左右他在機場接到的客人，那客人有點緊張，有點不適，指示他把車開去狄科爾的住宅。

桂律師只敷衍性的詰問了一下。

地方檢察官於是叫哈古柏。

哈很快走上證人席。宣了誓，說清楚了姓名、地址，把自己小心地坐上證人席，好像怕椅子上有釘子似的。

哈古柏說出事那晚他在狄科爾家裡。狄科爾另外來了一位訪客，他必須告退上樓。哈古柏只好在樓下等候。那個客人已經用門鈴打斷了他和科爾商業性的會談。就在等的時候，他聽到了二樓傳來的槍聲。他站出房門，見到樓梯上衝下一個男人身形。他指認這身形就是被告安迪睦。

桂律師又隨便地詰問了幾個問題。

「這就是檢方的案子，庭上。」歐牟文說。

「報告庭上，」桂說。雙腳自坐姿站起：「被告還沒有機會詰問證人閔海倫。據我記得她因故被請暫時離開，所以——」

「她的證詞一度被刪除了，」歐牟文說：「後來檢辯雙方同意回復，但是辯方並沒有提到要保留詰問權。」

「這並沒有關係，」羅法官裁示：「法律規定被告有權詰問這個證人。本庭也忘了這件事，因為本席認為——不管怎麼樣，既然辯方有提出這一點，現在請閔海倫到證人席來，接受被告律師詰問。」

海倫準備了要給記者拍照的。

桂律師很文雅的開始詰問。

桂律師問她，有沒有在狄科爾死亡的前兩天，專誠告訴狄太太，安迪睦是狄科爾有意送出去做自殺探測的？

證人說確有此事。

「狄科爾本人，」桂問：「有沒有在出事那天晚上，打電話給你，指責你對狄太太說了假話，所以他想見你解釋一下？他要告訴你這些都是辦公室閒話，不足為憑。所以他要當面見你。」

「有的。」

「你，有沒有應他的請求，在出事那天晚上，到他的家裡去？」

「是的，有去。」

「你去的時候，」桂提高聲音，站起身來，用一隻手指著她：「你有沒有在皮包裡帶一支點三八口徑，柯特轉輪？」

「沒有帶在皮包裡。放在我胸罩裡。」

「一點都沒有理由要向證人大呼小叫，」歐牟文低聲地說：「這個問題也沒有什麼特別的。」

羅法官給弄迷糊了。他從心情輕鬆的地方檢察官，看向被告律師，又看向在證人席的證人。「繼續進行。」他說。

「問你是不是事實。你那晚去了死者狄科爾的家裡。狄科爾告訴你，他在等一個叫做哈古柏的客人。他也告訴你叫你等在樓上，等哈古柏走了再說。」

「是的。」

「你就和他一起上樓？」

「是的。」

「到一個臥房？」

「是的。」

「在那裡，狄先生發現了你身上的武器？」

「是的。」

「他怎麼辦？」

「他把我槍移走，譴責我不該帶武器。」

「之後如何？」

「大門上有門鈴聲。狄先生告訴我這一定是哈先生來了。他就暫時告退。」

「之後呢？」

「之後他下樓，在樓下有十五分鐘的模樣。又有門鈴響。狄先生開門讓被告安迪睦進來。」

「你怎知那進來的是被告？」

「我聽到他的聲音。」

「你認識被告？」

「是的。」

「你聽得出他聲音？」

「是的。」

「於是狄先生做什麼？」

「他帶了安先生——我意思是被告上樓，進入小房間。」

「這個小房間，和你候著的臥室是連通的？」

「是的。」

「之後呢？」

「狄先生向被告告退一下，走進臥室來，告訴我情況變得相當複雜，他希望我暫時回去一下，他說他會打電話給我，重新定個約會時間。」

「那你怎麼辦呢？」桂律師已覺出意外，只好依原定計劃問下去。

這個證人應該歇斯底里，應該驚慌失措，應該哭泣，應該不願做對自己不利的陳述。但是她坐在證人席上，冷靜，有次序，很有信心地回答問題。

再看看地方檢察官。至少他應該要有點慌亂，因為他仔細安排的案子，已經有面臨全部破壞的可能。但是歐牟文，篤定地坐在那裡，冷靜，文雅。他表現著對方律師在玩弄的只是訟棍低下的技倆。他沒有開口只是因為不願浪費法庭的時間。

一位庭丁輕手輕腳走過通道，交給我一張摺疊的紙。這是從帕沙第納我們那位專家那裡來的消息。他說他也被送達了一張開庭傳票，請他今天帶了手槍來做證人。

我現在知道，我們已經作繭自縛。我急著想在桂律師問出最後一句致死的問題前，給他使個眼色。

「之後你幹了什麼？」

她說：「我就離開那房子。我把手槍留在臥室的五斗櫃上面。」

「走的時候，什麼人在臥房裡？」

「那死者，狄科爾。」

「被告這時在什麼地方？」

「相通的小房間裡。」

桂說：「詰問完了。」坐了下來。他有點像一個人用全力衝向一扇門，突然發現門沒有錯，也沒有扣。

地方檢察官笑得很開心：「這樣可以了，閔小姐，我們謝謝你，能把一切陳述得很清楚。」

證人開始離開證人席。

「噢，還有件事。」歐牟文說：「我想到一個問題，只有一個問題，閔小姐。對於你剛才作證所說的，你有沒有寫了一張聲明書給被告？」

「有，是的。」

「什麼時候？」

「昨天晚上。」

「這張聲明昨晚交給誰了？」

「交給了被告僱用的兩個偵探。賴唐諾和柯白莎。」

「謝謝你，謝謝你。這下真可以了。問完了。」歐說。

證人離開了證人席。

歐牟文說：「報告庭上，由於這個證人追加的證詞，我不得不再要叫一位證人來作證。」

他把我們在帕沙第納的專家請了出來。

專家拿出了那支槍，指認是我交給他的。他承認他把這把槍弄乾淨之後，發射了幾發子彈。他沒有原來致死的彈頭的樣本，所以無法得知致死的子彈是不是從這把手槍裡發射出來的。

「假如我們給你機會，和檢方的專家合作，給你機會檢查致死的彈頭，你會不會有結論呢？」歐牟文問。

專家說他想沒有問題。

微笑著的歐牟文向庭上建議，證人暫時離開席位，檢方願意給他一個機會和檢方專家詹士帝合作，為了被告的利益，把這件事弄清楚。法官裁定同意。

這時歐牟文請求再把哈古柏叫來作證，也得到同意。

哈古柏作證說，他一聽到槍聲立刻跑上二樓，他看到狄科爾躺在地上，已經死亡。在他腦後有一個彈孔。在房裡的五斗櫃上，沒有手槍。

「哈先生，趁這個時候讓我問你一些最近發生的事。你目前住在哪裡？」

哈先生把地址說了。

「這地址和夜鶯別墅有什麼關聯？」

「狄科爾的夜鶯別墅正在緊鄰。」

「兩個房子相鄰？」

「是的。」

「把你的注意力回到本案開庭的前一天晚上。你有沒有見到狄家住宅裡有什麼不正常的現象？」

「是的，先生。」

「是什麼？」

「兩個人在狄家房子前灌木叢籬笆邊上挖掘東西。」

「你有沒有機會看到他們，或是認識他們？」

「是的。我從他們說話聲音認識他們。」

「能把發生的事告訴我們嗎？」

「我的房子已都熄燈。我已經休息。大概正是午夜。我看到兩個人影隱約在樹叢裡。我十分好奇，所以我披了一件大的黑袍子從側門溜出來。我聽到他們低低的對話聲音，他們在挖掘一件東西。」

「發生了什麼？」

「我聽到其中一人說找到了。」

「你知道這個人是誰嗎？」

「是的，先生。」

「什麼人？」

「賴唐諾，被告請的一位偵探。」

「你在事前聽到過他聲音嗎？」

「是的。」

「你認識他的聲音？」

「是的。」

「好，很好。在這件事之前，你有沒有見到任何人，在樹叢邊上埋東西？」

「是，有的，先生。」

「什麼人？」

「狄太太。」

「你說狄太太，是指狄麗芍太太。狄科爾的寡婦？」

「是的，先生。」

「你看到她在埋什麼？」

「我不知道是什麼，是她從紙包裡拿出來的。她在地上挖了一個小洞，把那東西放進去，又用土鬆鬆地蓋上。」

「是什麼時候？」

「是同一晚上。」

「什麼時間？」

「大概在柯太太和賴先生挖出槍來之前一小時。」

「你有沒有聽到他們講話，說到這是一把槍？」

「有的。」

「你說看到有件東西被埋進土裡去，是埋在哪裡？在樹叢籬笆的哪一個位置？請你在這地圖上指出來。」

證人在地圖上指了一個位置。

「現在請你在上面打一個叉，再在上面簽個字。」

證人照做了。

「你也看到了這支槍被挖出來的地方，也許是聽到挖出來的人說挖到時站的地方，你能指出在哪裡嗎？」

「是的。」

「在哪裡？」

「在我看來，正好是在相同的位置。」證人說。

歐牟文轉向桂律師，笑著說：「請詰問。」

幸運的是，就在這時，桂律師注意到了並且能提醒法官，法庭的晨中休息時間到了。

法官吩咐休庭。桂律師跑過來找我。

「不要怕，」我告訴他：「我們一定要用機智贏過他們。」

「但是，到底發生了什麼事？」

「發生的事，」我說：「非常明顯。那個渾蛋地方檢察官，用他優異的光棍條件，已經把閔海倫催眠住了。她已經受他擺佈了。他說服她案子完了他們關係可能改變的情況了。昨天，我們一離開她的房子，她一定就打電話給歐牟文，一五一十告訴他發生什麼事了。

「當然，我們絕對沒有辦法可以防止這件事。假如我們是檢方，我們可以把她『保護』起來，不跟任何人接觸。

「所以地方檢察官找哈先生來，告訴他這項不幸消息。哈古柏反而笑著說這正是他等候的機會。可以叫我們直接走進陷阱裡去。於是他第一次告訴檢察官，他看到狄太太在樹叢下埋東西，又看到我們把東西挖出來。」

「你想歐牟文會那麼輕鬆讓他過門，不追究他為什麼以前沒有向檢方講出這件事來？」

「他當然有問哈古柏，那是絕對錯不了的。無疑的，哈古柏會說因為他認為警方已有了謀殺兇槍，所以不知道我們發現了什麼。他決定先不說，看看我們搞什麼鬼。」

「歐牟文可不會這樣笨，」桂律師說：「哈古柏明明在說謊。」

「我們沒有辦法證明呀！」我說：「而且歐牟文自己已經太深信自己的理論。他一定要贏這一件案子了。」

「那麼，我們現在怎麼辦呢？」桂律師問。

我說：「還有一件事，可以攻破哈古柏。你問他是不是事實，他曾經到我的辦公室來，談到假如我們能放他一馬，使他的土地可以賣給東部一個大工廠的話，他會改變口供，使被告會被判無罪。」

「什麼？」桂律師叫出聲來：「你說他提議過這種交換條件？」

「你問他呀！」

「但是你要是不能保證這是事實，我怎麼敢問他呢？」

「儘管問他，」我說：「打擊魔鬼，就只好用火。」

「把你放在證人席上去，你保證也會說他說過這些話嗎？」

「不可以，」我說：「我不會跑到證人席去作證他確實說了那麼一些字眼的。但是，這確是在他腦中想說的話。他不會記住他說了多少出來的。你去問他不會錯。」

「不行，除非你肯作證做我後盾，否則不行。」

我說：「你問他為什麼到我辦公室來。問他有沒有來我辦公室，說他是地方檢察官的好朋友。假如我能和他合作，他會為被告代為從中調停。」

「你肯不肯作證？」

「我這樣說好了——我這樣說好了，這些都是他在場，他清楚情況下，談到過的。」

休會結束。哈古柏微笑著，很有自信地，在等著詰問。

桂律師問：「是不是事實，你和兩位偵探，柯白莎和賴唐諾，已有一段時間的認識？」

「不是很長的一段時間，只是很短的一段時間。」

「是不是事實，你曾經告訴過賴唐諾和他的合夥人柯太太，說你自己是地方檢察官的好朋友？」

「有這個可能。我衷心認為地方檢察官是我的好朋友。此外我還認識很多本郡的官員，我都把他們認為好朋友。」

「你有沒有向賴先生建議過，假如在一件私人的生意上，賴先生肯合作的話，你將為被告活動，向地方檢察官說情？」

「我沒有。」

「你有沒有說可以請地方檢察官讓被告輕鬆過關，假如柯太太和賴先生能和你在一件地產生意上合作成功的話？是不是因為他們拒絕了你，你曾說過恐嚇他們的話？」

「絕對沒有！」

「那些話是不是在他們辦公室說的？」

「沒有，先生。」

「你去過他們辦公室嗎？」

證人猶豫著。

「去過嗎？」桂律師大聲叫問。

「是。有去過。」

「在本案開審之前？」

「是的。」

「在被告被拘捕之後？」

「我想是的。我記不起真正的日子了。」

「那時候，你有沒有和柯太太及賴先生討論案情？」

「我們閒聊了很多事情。」

「回答我的問題！有沒有和他們討論案情？」

「我也許有提到這件事。」

「在談案情時，有沒有說到你和地方檢察官是好朋友？」

「也許有。」

「你有沒有暗示，你願意合作？」

「合作是很難下定義的兩個字，桂先生。」

「我懂合作兩個字的意思，」桂說：「你有沒有表示合作？」

「我也許用過這兩個字。但是我用這兩個字的意義，可能被對方完全誤解了。」

「但是你們真去過他們辦公室？」

「是的。」

「正在要不要起訴的緊要關頭？」

「是的。」

「你也真說過和地方檢察官交情非凡？」

「是的，也許我說的，也許是同去人說的。」

「你也說過假如他們合作，你答允用你的勢力幫他們？」

「我也許說過，也許答應他們儘量和他們合作。」

「很好。你的建議是不是被拒絕了？」

「並沒有明白的建議，所以也無所謂被拒絕。」

「你在說幾句狠話，威脅他們之後，才離開？」

「我——沒有。」

「你能不能說，離開的時候和進去的時候一樣友善？」

「能。」

「你離開的時候，有沒有和賴唐諾握手？」

「我記不起來了。」

「是不是事實，你們沒有握手？」

「我真的記不起來了。」

「你為什麼去他們辦公室？」桂問。

「是——是為了……是……」

「喔，我反對！」歐牟文說：「報告庭上，這些問題早已越問越遠了。」

「抗議駁回。」羅法官簡短地說。

「你為什麼去他們辦公室？」桂再問。

「在某方面，我想要點消息。」

「哪方面？」

「有謠言說，東部某一大廠想在柑橘林造個工廠。」

「在那個時候，你有沒有提到，你在柑橘林有地產？」

「我也許有提到。」

「那個時候，你有沒有提到，假如柯太太和賴唐諾和你合作的話，你會用友誼和勢力使地方檢察官合作？」

「不是這樣的說法。」

「但是，是你去拜訪的目的？」

「不是，先生。」

「什麼是你去拜訪的目的？」

「我想去得到這個消息。」

「在那個特定時間，你為了要得到這個消息，你提起是檢察官的好朋友，你提起可以使他在安迪睦的案子裡合作，目的只要柯和賴跟你合作？是還是不是？」

「不像你講的那樣。」

桂律師不屑地把頭轉開。「問完了。」他說。

歐牟文說兩位專家對槍彈的檢查尚需時刻，所以建議能休庭到下午二時。

羅法官裁定同意。

「在你辦公室等我，」桂律師離開的時候，我告訴他：「這裡不是談話的地方。」

我離開法院。

記者們在照我的相，也在照柯白莎的。

有一位記者訪問白莎，對哈古柏的證詞有沒有意見。

「我當然大有意見。」白莎說。

「說出來聽聽。」記者說。

「你可以告訴大家，是我柯白莎說的。」白莎聲稱道：「哈古柏提議，只要我們和他合作，他可以用勢力使地方檢察官就範，把謀殺變成過失殺人。

「你也可以告訴大家，我願意作證。而且不怕地方檢察官詰問，他敢詰問我，我就糗得他頭也抬不起來。」

我去到桂律師的辦公室。狄太太和他在一起。

「怎麼樣？」桂問我。

我說：「我要你做一件事，大律師。假如你能完全照我所說的做，我們可以脫出困局沒問題。」

「做什麼事？」桂問。

我說：「把專家弄上台，讓他證實殺死狄科爾的是閔海倫的槍，不是安迪睦的槍。只要做到這一點，其他你都不要管了。」

我轉向狄太太：「槍是不是你埋下去的？」

她搖搖頭：「他完完全全，睜了眼在說瞎話。我真的從來沒見過手槍。不要說這支槍，任何真的槍我從來沒見過。」

「但是，」桂律師問我：「我有什麼辦法來證明呢？假如我把狄太太放上證人席，他們會詰問她出事那晚她的行蹤。她一說老實話，她的時間證人就破了。」

「目前他們歸罪的是安迪睦。」

「我知道，但是他們只要使狄太太信譽受損，同樣影響安迪睦。看起來兩個人是同謀的。」

我說：「你只要照我告訴你的，做到那一點，你什麼人都不必放上台去。」

「哪一點？」

「顯示出來，殺人的兇槍，是我們那位專家交出來的那支槍。」

他沉思著。

「你注意聽著，」我說：「我知道我在做什麼。你照我說的去做，照我的方法去做最後辯論。憑現在這一批陪審團的人員，我們會沒有事的。」

「他們總會宣告他有點什麼罪的。」

「好，」我說：「我現在問你一個問題。這個問題當你客戶的面提出來傷你面子。但是，你下午要怎樣作戰，你有預定的計劃嗎？你敢不敢把狄太太放上證人席去？」

「不敢。」

「你敢不敢把被告放上證人席？」

「不敢。」

「別人看到你既不把狄太太放上去作證，也不把被告放上去說老實話，會有什麼感想？」

他無力地說：「安迪睦會被陪審團宣告，一級謀殺罪成立。」

「那不結了，」我告訴他：「你願意或不願意，都只有一條路可走。就是照我說的去做。把你自己怎樣去證明無罪忘記，強調是檢察官的責任去證明被告有罪。全力證明兇槍是閔海倫的槍之後，什麼證人也不放上去，立即進行最後辯論，叫檢察官去說故事，怎麼會是閔海倫的槍，打死的狄科爾。讓他試著去說服陪審團，你只看他好看，在辯論中找他小辮子。他這個故事還不太好編呢。」

桂想了又想：「他已經有了結論。他十分聰明。我要是這樣讓他發揮，他會說得頭頭是道。最後，這些陪審員好像十二個人當晚都在臥房裡，眼睜睜看著安迪睦拿支槍，一槍打進了狄科爾的頭。」

「用閔海倫的槍？」我問。

他又開始想。

第廿三章 等待判決

下午二時，法院準時開庭。原告地方檢察官把詹士帝再度叫上台。詹士帝作證，他和被告所請的專家一起檢查了那把槍。他說他們兩位都一致同意，殺死本案死者的子彈，無疑是出自本案中的第二支槍，也就是賴唐諾拿給專家，專家呈給庭上的那把槍。詹士帝又作證說，由於這把槍曾埋在土裡太久，雖然我們的專家曾清除了一部份表面的泥土，但仍有不少泥土留在槍面槍身的縫裡，他們刮出不少的泥土來，足夠做土壤分析。

槍上的土質和樹叢下的土質，和第一把槍上刮下來的土的土質完全不同。第一把槍，他名之為安迪睦槍。第二把槍是閔海倫槍。

根據以上事實，當然可以確定閔海倫槍被埋在不是本案指的樹叢底下土地裡，而是其他地方，相當長一段時間，才於最近被挖出來，再埋到樹叢籬笆底下去的。詹士帝當然無法證實什麼人如此做的，但一定是有人做了。

證人看向狄太太。狄太太石膏面具似的臉也看向他，一點表情也沒有。

「你現在可以確定，你所指的閔海倫槍，是打出狄科爾致死彈頭的槍？」

「是的，先生。我可以確定。」

我匆匆寫了張字條，輕輕請庭丁交給桂律師。

字條很簡單地說。「不要詰問，立即休止。」

桂看看字條，轉頭向我，把眉皺起，想了一下。轉臉向歐牟文微笑著。

歐牟文揶揄地向他一鞠躬。「請你詰問，大律師。」他說。

「沒有問題。」桂說。

「這是我們的案子。檢方休止。」歐牟文說。

「被告也休止。」桂簡單地接下去。

歐牟文很明顯吃了一驚。「庭上，」他說：「我……我對這件事的變化，完全出乎意外。」

「沒有什麼理由值得驚奇，」羅法官說：「我覺得起訴的老將，應該想到對方會來這一手。你開始你的終結辯論吧。」

「很好，庭上。」歐牟文說。

歐牟文做了一個很好的演講。

桂律師接著他提出了本案特別的地方。事實上，兇槍是由閔海倫帶去狄家的。後來雖然有人影射狄太太埋了什麼東西在樹叢裡，但是檢方無法指出埋的是什麼。

桂律師指出，為了避免冤枉無辜，法律規定檢方有義務要毫無疑問的證明被告有罪。今天檢方無法證明狄太太埋的是什麼東西，過了一段時間，別人在附近挖出什麼東西，不能說就是狄太太埋的東西。所以警方有責任把這附近土地統統翻過來，看是不是另外有東西是狄太太去埋的。

另外，他又問到，這把槍，又怎麼可能到狄太太手中？她出事的時候不在屋裡。假如安迪睦要殺狄科爾，他當然會用安迪睦槍來殺他，怎麼可能是閔海倫槍呢。他當然不可能把自己的槍摔出窗去，跑到臥房裡去看有沒有機會找到一支槍來殺人。

桂律師詰難地方檢察官，他對兇案發生的情況無法自圓其說。他說他不相信歐牟文能說出兇案是怎樣發生的。

歐牟文拿了枝鉛筆，不停地在記，臉上充滿笑容。

桂律師坐下。

歐牟文慢慢地站起來。一臉很神聖的樣子。他說他願意接受被告這種有勇無謀的挑戰。他可以重組說出兇案發生的實況。

他形容安迪睦在當時怒氣無法發洩，一開頭想殺掉狄科爾，之後又想不要殺他。他把槍抛掉，已決定離開那房子。但是機會自然來到，他攫起那支在五斗櫃上的槍，就殺死了狄科爾。

歐牟文走近陪審團席。他把善感的眼神看著席上的女人們。他一句一句很注意自己的演說。

羅法官指示陪審團，他們可以做幾種不同的裁決：他們可以裁決被告無罪，可以裁決被告犯第一級謀殺，可以裁決被告犯第二級謀殺，或是被告犯過失殺人。

羅法官給陪審團解釋，所謂一級謀殺是一種惡意、候機、私刑或是利用智力，故意、預謀的殺人行為。或是因為故意縱火、搶劫、強姦、偷竊、重傷害、或是刑法二八八條所規定的罪狀，導致的殺人行為。

他告訴陪審團，所有其他謀殺都是第二級謀殺。

羅法官解釋過失殺人是在沒有怨恨，非預謀下的殺人行為，是故意，自願的，但是起因於突發糾紛或感情衝動。

他請陪審團在退下後立即自選一個主席出來。在主席協助下產生一個裁決，在決定後由主席代表陪審團向法庭報告裁決結果。

桂律師走過來和我會商。

「我對你的戰略還是不太同意。」他說。

「法庭的記錄把地方檢察官的終結辯論記下來了，」我說：「地方檢察官已經自己走進了陷阱。照他所說，不論安迪睦在走進房子之前，心裡有什麼意圖。他後來已經把帶去的槍，自動抛出窗去了。這等於放棄了蓄意謀殺的意圖了。假如狄科爾是死在五斗櫃上那支槍上的，那一定是感情衝動引起，那就只是過失殺人。」

「你說的正是我怕的。」桂說：「先不說你這種想法太樂觀。陪審團可能不向那方向想。即使說陪審團完全依照你的方向，做了裁決。仍舊是我最不願意的結果。」

「為什麼？」我說：「總比陪審團判決了一級謀殺，罪犯成立。你再上訴也不過希望能改判過失殺人，要好得多。」

「好，」他說：「假如陪審團裁決他犯過失殺人？」

「假如陪審團的裁決是過失殺人，你等法官解散陪審團之後，到欄杆邊上來，我有話要對你說。」

「我真希望你知道你在做什麼，」他說：「我是希望能捉住哈古柏什麼缺點的。我確信哈古柏是本案的真兇。他在安迪睦離開之後上樓，見到狄科爾一個人在臥室裡，多半是在數他準備給安迪睦的兩萬元獎金。哈古柏見到五斗櫃上的手槍，自背後射殺了狄科爾，吞掉了兩萬元現款。」

「當然，」我說：「我們知道這些實況，但是你能證明嗎？

「哈古柏殺死了狄科爾。他可能還知道狄科爾欺騙自己太太的事實。是他用這事在勒索狄科爾。突然閔海倫把事情洩露出來了。狄科爾當然不願再付勒索金了。

「哈古柏輕聲上樓去看情況，他進了臥室，拿起閔海倫槍，殺了科爾，拿走兩萬元錢。

「哈古柏把槍埋在什麼地方。等他聽到安迪睦自認曾把槍拋出窗外之後，他把槍挖出來，埋到樹叢裡，希望警方能發現。然後說是狄太太埋下去的。

「我們沒有辦法證明這些，我們也不敢去證明。哈古柏現在已經是很有名望的銀行家了。用他弄來的錢，他已把自己建立得很好了。在這小地方，他是個大亨。地方檢察官不敢得罪他。他還是檢方的主要證人。你只要想把謀殺案推到他頭上去，陪審團會裁決被告第一級謀殺罪成立的。於是我們死路一條。

「現在你照我的辦法辦，他們最多給安迪睦一個過失殺人。」

「裁決過失殺人，他們照樣可以把他關在州立監獄十年。」他說。

「不一定。」我說。

第廿四章　逆轉的結局

傍晚八時十七分，陪審團有了決定。

陪審員魚貫入座。有些女陪審員，似乎暗泣過。

陪審團主席是一位外貌冷酷，滿面風霜的農夫，向庭上報告陪審團已有裁決。

一切照常例進行，裁決被宣佈，陪審團裁決被告過失殺人罪確定。

陪審團主席清清喉嚨說：「報告庭上，本席要求發言。」

「請說。」法官說。

「陪審員全體一致的向被告表示同情，但大家都感到，法律立場來看，他們不能不裁決他過失殺人之罪。」

「謝謝你們，」法官說：「陪審團的判決，本庭已收到。宣佈陪審團解散。雙方是不是願意在這時候決定一下宣判日期？」

桂律師說：「稍候一下，庭上。」

他走近欄杆和我商量。

「你有刑事法規在手嗎？」我問。

「有。」

我交給他一張紙條。「把這一條唸給法官聽。」我說。

桂律師向紙條看了一眼，他眉毛彈了起來。他仔細地又看了紙條一次。

桂律師慢慢地走回到律師桌邊去。

「報告庭上，」桂說：「我認為這件事我不能專美，因為的確我沒有想到，而是我的朋友，受過法律教育的賴唐諾先生提醒我的。我剛才拿到一張字條，我自己完全驚奇得不知怎麼辦，所以還在消化紙條的含意。不過我得到的概要是：謀殺罪沒有時效，檢察官延遲到任何時間，都可以隨時提起公訴。」

「這一點大家知道，沒有什麼值得大驚小怪。」羅法官說。

「殺人的罪行，」桂律師向庭上一鞠躬，平靜地說下去：「正如下午庭上指示過可分三種。第一級謀殺、第二級謀殺和過失殺人。

「但是，我們發現法律中很特別的一點規定。過失殺人的起訴時效只有三年。換句話說，殺人罪行三年過去之後，檢察官不能用過失殺人來起訴。本案陪審團已裁決是過失殺人罪。既然法律是如此規定的，又既然被告被裁定的不是

一、二級謀殺罪，只是超過三年以上的過失殺人罪，所以庭上——您除了應該立即釋放被告外，似乎沒有別的辦法。

「當然，大家都知道，起訴過失殺人，最後被陪審團認為是一級、二級謀殺罪的也是有的。」

羅法官看向地方檢察官。他又看向桂律師。最後遠遠看向我。他的前額蹙成一團，但是我看得出他嘴上浮起了一絲微笑。

「桂先生，讓我看看剛才遞給你的那張字條。」羅法官說。

桂律師遞了上去。

羅法官用手摸摸頭。把手伸出去拿自己的刑事法規。他找到要找的條例，仔細看著。

「地方檢察官對這一點有什麼要說的嗎？」

歐牟文說：「檢方對這一個問題，完全沒有辯論的準備，庭上。」

「不過，」羅法官說：「這個問題好像也不需要什麼辯論。我在這張賴先生寫的紙條上看到，賴先生引用了非常出名的一件案例，就是所謂蜘蛛人案件，兇手住在死者的閣樓上躲了好多年。被告在這件案子是由威克邁代表，也發生了和本案相似的情況。

「現在既然這種情況已被提出，事實上本席也解釋給陪審團聽過，他們可以做些什麼不同的裁決。本席倒不能不對這個問題仔細研究，至少被告所提的是絕對有依據的。

「現在，我要告訴大家，本席即將要下的判決，是依據本法庭對被告的同情，當然更是秉承陪審團對被告的同情心。事實上，本席本人對於這兩天證人所做的證詞，並沒有認為事實的發生的確像檢方說的那麼簡單。

「既然今天被告依規定被檢察官提起公訴，告他一、二級謀殺。但是沒有成立。而過失殺人，又因為超過時效，不能提出告訴，所以陪審團的裁決只好放到一邊，不予理會。我現在判決，被告當庭釋放。」

跟著發生的是一場大騷亂。旁聽的人都在歡呼。記者們踩在桌子、板凳上拚命搶採鏡頭。

我一直把狄麗芍列入石膏面具一型的。突然一下她情感暴露，眼中星光閃爍，她推開人群來到安迪睦面前，用雙臂抱著他吻著，眼淚自臉頰斷珠而下。

在我反應過來之前，她吻在我臉上，在吻與吻之間，嘴裡不斷嘟囔著謝謝我。

羅法官知道想叫法庭肅靜下來，暫時也是不可能之事，乾脆放棄。站起來含笑地離開。

狄太太吻了白莎，也吻了桂律師。

柯白莎搖到我前面。

「你這個聰明的小雜種！」她說。

後記

依白莎的看法，判決兩天之後，當一張一萬五千元面額，狄太太簽名的支票到手之後，本案就全部結束了。

對我來說，案子真正的結束是在數週之後，當我從郵件中收到一個信封。信封沒有發信地址，是秀麗的女人筆跡，聞得到香水味。信封裡面是一張剪報：

妨害自由，意圖強暴
銀行家涉嫌，被捕

剪報提到柑橘林有名的銀行家哈古柏，也是哈氏信託投資公司的董事長，因為一位叫高黛麗女士的控訴而被逮捕。

哈古柏顯然在為高黛麗管理部份財產的投資工作。二人有意見不一致的現象。高黛麗發現哈古柏在竊用她的錢財，決定收回自己處理。

哈古柏開車到高黛麗的公寓，建議一起兜兜風，把事情好好談一談，做個結論。

兩小時之後，一位機車騎士在路旁發現高黛麗。她全身都是泥巴和烏青。衣服多處撕裂，全身幾乎裸露。

她說哈古柏把車停在一處偏僻所在，想用浪漫氣氛來補救錢財上的衝突。當她拒絕接受時，哈古柏突然發狂。他把她拉出汽車，拖到路旁樹叢裡，污辱了她。

依據高小姐的陳述，在無論如何抗拒都無法阻止他殘暴攻擊之後，她終於設法逃脫了他的糾纏。

哈古柏發誓這是誣陷。他說他根本不需使用暴力。

我對這件案子十分感到興趣。陪審團相信了高黛麗。她在審判時聲淚俱下，但表現得十分勇敢。

這個時候哈古柏正在聖昆汀監獄接受終身監禁的報應，而且不准保釋。

相關精彩內容請見《新編賈氏妙探之16 欺人太甚》

新編賈氏妙探 之15 曲線美與癡情郎

作者：賈德諾
譯者：周辛南
發行人：陳曉林
出版所：風雲時代出版股份有限公司
地址：10576台北市民生東路五段178號7樓之3
電話：(02) 2756-0949
傳真：(02) 2765-3799
執行主編：劉宇青
美術設計：吳宗潔
業務總監：張瑋鳳

出版日期：2023年7月 新修版一刷
版權授權：周辛南
ISBN：978-626-7303-08-5

風雲書網：http://www.eastbooks.com.tw
官方部落格：http://eastbooks.pixnet.net/blog
Facebook：http://www.facebook.com/h7560949
E-mail：h7560949@ms15.hinet.net
劃撥帳號：12043291
戶名：風雲時代出版股份有限公司

風雲發行所：33373桃園市龜山區公西村2鄰復興街304巷96號
電話：(03) 318-1378
傳真：(03) 318-1378
法律顧問：永然法律事務所 李永然律師
北辰著作權事務所 蕭雄淋律師

行政院新聞局局版台業字第3595號 營利事業統一編號22759935

定價：299元

國家圖書館出版品預行編目資料

新編賈氏妙探. 15, 曲線美與癡情郎 / 賈德諾(Erle Stanley Gardner)著；周辛南譯. -- 臺北市：風雲時代出版股份有限公司, 2023.05　面；　公分
譯自：Beware the curves
ISBN 978-626-7303-08-5（平裝）
874.57　　112002530